少年と犬

馳星周

文藝春秋

目次

少年と犬

装画　小田啓介
装丁　野中深雪

男と犬

1

駐車場の隅に犬がいた。首輪はついているようだがリードはない。飼い主が買い物をしているのを待っているのだろうか。賢そうな犬だが、かなりやつれている。

被災者の犬かな——そう思いながら、中垣和正《なかがきかずまさ》は車を停めた。

あの大震災から半年。地震や津波で家を失った人々はいまだに避難所生活を強いられている。避難所にはペットを連れていけないからと、車の中でペットと共に寝泊まりしている被災者もいると聞いていた。

コンビニに入り、コーヒーと菓子パン、それに煙草《たばこ》を買った。セルフサービスでコーヒーを淹《い》れ、外に出て灰皿のそばで煙草に火を点《つ》けた。菓子パンの袋を開け、煙草を吸う合間に囓《かじ》った。

犬はまだいた。和正をじっと見ている。

「そういえば……」

和正は首を傾《かし》げた。店内に他の客の姿はなかった。駐車場に停まっているのも和正の車だけだ。

「おまえの飼い主は便所か？」

和正は犬に声をかけた。その声に反応して、犬が近づいてきた。シェパードに似ているが、少し体が小さいし、耳も鼻先も長い。シェパードと他の犬の雑種なのかもしれない。

犬は和正のすぐ目の前までやって来て立ち止まった。鼻を上にして匂いを嗅《か》ぐような仕種《しぐさ》をした。煙草の匂いを嗅ごうとしているはずがない。

「これか？」

和正は菓子パンを犬の上にかざした。犬の口から涎《よだれ》が垂れた。

「腹が減ってるのか？」

菓子パンの端っこを千切り、掌《てのひら》に載せた。手を犬の口元に持っていく。犬はパンの匂いを嗅ぎ、おもむろに食べた。

「そうか。腹ぺこなんだな。ちょっと待ってろ」

煙草を消し、コーヒーのカップを灰皿の上に置いて、和正は店内に戻った。残っていた菓子パンを一気に口の中に押し込んだ。

鶏ササミジャーキーと記されている犬用のおやつを買う。犬は窓ガラス越しに和正の姿を目で追っていた。

「あの犬の飼い主は？」

レジを打つ店員に訊《き》いた。店員は外にちらっと視線を走らせると、すぐに興味を失ったという顔つきに戻った。

「さあ。朝からいるんですよ。後で、保健所に電話しようかと思ってるんですけど」

「そうですか……」

ジャーキーを受け取ると、灰皿のところへ戻った。犬の尻尾がゆらゆらと揺れていた。

「ほら、食え」

パッケージを破り、ジャーキーを一本、犬に与えた。犬は瞬《また》く間にジャーキーを平らげた。

もう一本。さらにもう一本。そして、最後の一本。

犬がすべてのジャーキーを食べ終えるのに五分もかからなかった。

「よっぽど腹が減ってたんだな、おまえ」

和正は手を伸ばし、犬の頭を撫《な》でた。犬は警戒するでも甘えるでもなく、ただ、和正のすることを見ていた。

「ちょっと見せてみろ」

和正は首輪に指をかけた。革製だ。タグがついていて、なにかが書かれていた。

「多聞《たもん》？　おまえ、多聞っていうのか。変わった名前だな」

飼い主の住所か電話番号が記されていればと思ったが、名前しかなかった。

新しい煙草に火を点け、コーヒーを啜《すす》った。犬——多聞はずっとそばにいた。食い物をねだるわけでもなく、甘えるわけでもなく、ただ、和正のそばにいる。

ジャーキーをもらった代わりにそうするのが礼儀だと思っているかのようだ。

「そろそろ行くよ」

煙草を吸い終わると多聞に告げた。仕事の途中で小腹が減ってコンビニに立ち寄ったのだ。震災でそれまで働いていた水産加工会社が倒産した。わずかばかりの貯金で食いつなぎ、やっと見つけた仕事だ。馘《くび》になるわけにはいかない。

車に乗り込み、カップホルダーにコーヒーカップを置いた。エンジンをかけ、ギアをバックに入れる。

多聞は灰皿の近くでじっとしたまま、和正を見ていた。

後で、保健所に電話しようかと思ってるんですけど——店員の声が耳によみがえった。

保健所に連れていかれたら、あの犬はどうなるのだろう。

そう思った瞬間、和正は助手席側に身を倒し、ドアを開けた。

「乗れよ」

多聞に声をかけた。多聞は駆けてきて、助手席に飛び乗った。

「じっとしてろよ。小便なんかするんじゃないぞ」

多聞はまるでずっと前からそこにいたという顔をして、シートの上に伏せた。

＊　＊　＊

「なんだ、あの犬は？」

沼口《ぬまぐち》が金を数えながら車の助手席に濁った目を向けた。多聞が和正を見ていた。

「新しく飼った犬です」

和正は答えた。

「犬なんか食わせる余裕があんのかよ」

沼口は金を封筒に戻すと煙草をくわえた。和正はすかさずライターを出した。

沼口は高校の先輩だ。当時から不良として名が知られ、卒業してからも正業には就かず、仙台の裏社会を渡り歩いていた。組から正式な盃をもらったわけではないが、それに準じる存在として振る舞っていた。

今は盗品の売買を手がけている。

貯金が底を突きかけたところで沼口に泣きつき、配達の仕事をもらったのだ。

「いろいろ事情があって……」

和正は言葉を濁した。配達の途中で拾ったと口を滑らせたら、拳《こぶし》が飛んでくるに違いない。

「まあ、まだ半年しか経ってねえからな。犬を飼えなくなった親戚や知り合いがいたっておかしくねえ」

沼口は煙を吐き出しながら首を巡《めぐ》らせた。仙台空港にほど近い倉庫街の一画だ。東に目をやれば太平洋が見える。震災前は大小の建物が林立していたが、津波がすべてを流してしまったのだ。

「この辺りも半年前に比べりゃだいぶましになったが、それでも、まだまだだからな」

歪《ゆが》み、陥没し、瓦礫《がれき》だらけだった道路はなんとか整備されたが、建物の修復はまだ進んでいない。沼口が借りているこの倉庫も、以前は、運送会社が所有していた。仕事がなくて困窮《こんきゅう》しているところに沼口が話を持っていき、格安で借りているのだと耳にした。

「マッポが近づいてきたら吠えるように躾《しつ》けてみろよ」

沼口が言った。

「そんなこと、できますかね」

「できるさ。犬ってのはよ、けっこう賢いらしいぞ」

「じゃあ、やってみます」

「うん。それとよ、ひとつ頼みたいことがあるんだけどよ」

「なんですか？」

「もうちょっと金になる仕事やってみねえか。おまえ、昔、ＳＵＧＯでカートのレースに出てただろう」

「ガキの頃の話ですよ」

和正は答えた。確かに、中学生までは週末になるとＳＵＧＯのサーキットへ出向いてカートに乗っていた。いつか、Ｆ１パイロットになるのが夢だったのだ。だが、自分にはたいした才能がないと気づかされ、やめた。中学三年の夏だ。それ以来、カートのステアリングは握っていない。

「昔取った杵柄《きねづか》って言うじゃねえか。こないだ、鈴木《すずき》が驚いてたぞ。助手席に乗せただろう？」

「はい」

鈴木は沼口の舎弟《しやてい》のような男だ。二週間ほど前、この倉庫から仙台駅まで乗せてやったことがある。

「加減速やコーナリングがスムーズで、オンボロ車がロールスロイスに思えたってな」

なんと答えていいかわからず、和正は頭を掻《か》いた。

「カートじゃなくても、運転、上手いんだよな」

「まあ、普通の人よりは上手く運転できるとは思いますけど」

「その運転のテクを貸してもらいたいんだよ」

「どういうことですか？」

沼口は短くなった煙草を指で弾《はじ》いて捨てた。

「外人の窃盗団の手伝いしろって言われててな。断れねえんだ」

「窃盗団？」

「声がでけえよ、馬鹿」

頭を叩かれ、和正は口を押さえた。

「そいつらが仕事終えたら、ねぐらまで送ってやってもらいたいんだ」

和正は唇を舐《な》めた。盗品の配達と金の受け取りだけならなにも知らされずにやっていたと言い訳することもできるが、犯行直後の泥棒と車に乗って移動するのはわけが違う。捕まれば、共犯と見なされるに決まっている。

「報酬は弾《はず》むぞ」

沼口は右手の人差し指と親指で丸を作った。その丸の向こうに、母と姉の顔が見えたような気がした。

「ちょっと考えさせてもらってもいいですか？」

「いいけど、あまり長引かれても困るぜ。今週中に返事をくれ」

「わかりました」

和正は沼口から車へ視線を移した。多聞は彫像のように動かず、じっと和正を見つめていた。

2

ホームセンターで買ったドッグフードをラーメンの丼に入れて多聞の前に置いた。多聞は音を立てて食べはじめた。

「ほんとに腹が減ってたんだな。ガリガリだもんな」

和正は畳の上で胡座《あぐら》をかき、煙草を吸いながら多聞が食べる様子を見守った。車の助手席に陣取った多聞を、信号待ちで車を停めるたびに撫でたのだ。毛に覆われてわかりづらいが、多聞は痩せていた。肋骨が浮き出ているし、あちこちにかさぶたのようなものがあった。

「いったい、どこから来たんだ、おまえは?」

フードを食べ終えた多聞は口の周りをぺろりと舐め、畳の上に座った。

「こっちに来いよ」

和正が手招きすると、多聞は寄ってきた。頭や胸元を撫でてやると、満足そうに目を細める。

犬を飼ったこともないし、飼いたいと思ったこともないが、これはこれで悪くない。

スマホの着信音が鳴った。姉の麻由美《まゆみ》からの電話だった。

「どうした？」

和正は電話に出た。

「別に用事はないんだけど、なにしてるかなと思って」

麻由美が嘘をついていることはすぐにわかった。母の介護にくたびれ果てているのだ。愚痴を言いたくて電話をかけてきたくせに、和正の声を聞くと思い直す。

「おふくろになにかあったのか？」

「別になにもないけど……」

麻由美の声は徐々に萎《しぼ》んでいき、最後には吐息のようになる。

母が若年性認知症の兆《きざ》しを見せたのは去年の春だ。比較的症状の軽い状態が長く続いていたのに、震災の後、しばらく避難所生活を余儀なくされた頃から症状が悪化しはじめた。住み慣れた家を離れ、大勢の人間と共同生活を送ることが相当のストレスだったらしい。

麻由美は町中のアパートで暮らしていたのだが、衰えていく母の姿を見かねてアパートを引き払い、実家の掃除や修繕が済んだ後で母と一緒に暮らしはじめた。震災から二ヶ月後のことだ。以来、気苦労が絶えないのか、麻由美もどんどんやつれていった。

まだ三十代になったばかりの女盛りなのに、ふとした時に見せるくたびれきった横顔は中年女のそれだった。

「ごめんな、姉ちゃん。おれにもうちょっと甲斐性があったら、せめて金のことだけでも姉ちゃんを楽にさせてやれるのに」

「こんなご時世なんだから、あんたは余計なことに気を使わなくていいのよ」

「だけど……そうだ、おれ、犬を拾った」

「犬？」

「多分、震災で飼い主とはぐれたやつだと思うんだけどさ、おとなしくて賢くてさ、飼うことにした。今度、連れていくよ。なんかで聞いたことがあるんだ。セラピードッグとかいってさ、病気や認知症のお年寄りも、犬に触れてると心が穏やかになるって」

「うん。それ、わたしも耳にしたことがある。連れてきて。母さん、喜ぶと思う。昔から犬を飼いたがってたから」

「おふくろが犬を飼いたがってたって？」

「そうだよ。子供の頃、実家で飼ってたんだって。でも、お父さんが生き物はだめだってゆるしてくれなかったんだ」

「初耳だな」

「あんたが生まれる前のことだから。母さん、がっかりしてたけど、その直後にあんたがお腹にいることがわかって、それで犬のことは忘れたんだよね」

「そうなんだ」

「その犬、なんて名前？」

「多聞」

和正は答えた。犬の話をしているうちに、麻由美の声に張りが戻ってきたのが嬉しかった。

「なにそれ。変な名前」

「首輪に名前を書くタグがついてて、それに多聞って書いてあったんだ。多聞天の多聞」

「まあいいや。とにかく、できるだけ早くその子連れてきてよ。母さんの笑顔、もう何ヶ月も見てないような気がする」

「うん、そうするよ」

「ああ、電話してよかった。久しぶりに気分がよくなった。やっぱ、家族はありがたいね」

麻由美はそう言って電話を切った。

多聞が和正の太腿《ふともも》に顎《あご》を乗せて眠っていた。穏やかな寝顔とリズミカルに動く背中は、和正への信頼を物語っているように思えた。

多聞を起こさぬよう、背中にそっと手を当てた。

多聞の体温が伝わってくる。

心が温められていく。

3

ネットで検索をかけて多聞のことを調べてみた。

多聞、犬、牡、シェパード、雑種、行方不明、震災——頭に浮かぶかぎりの言葉を使ってみたが、なにひとつヒットしなかった。

つまり、多聞を探している人間はいないということだ。飼い主は被災して飼い犬どころではないか、亡くなってしまったか。

いずれにせよ、これでだれにも気兼ねすることなく多聞を飼えるということだ。

和正は多聞を車に乗せて出発した。

母のところに多聞を連れていく。

昨日の今日だが、善は急げと言うではないか。

母と麻由美が暮らす実家は名取《なとり》川の南にある住宅街の中の一軒家だった。

姉が生まれた直後に父がローンで買った建売で、父の生命保険金で残っていた借金を清算した。

母の認知症が悪化して施設に入れることになったら、この家も売り払おうと麻由美と話していたのだが、震災でそれも立ち消えになった。

敷地は狭く、庭は車一台分の駐車スペースと、花壇がほんの少しあるだけだった。和正は麻由美の軽自動車の前に自分の車を停めた。敷地から少しはみ出してしまうが、文句を言われたことはない。

「行くぞ、多聞。行儀よくしろよ」

ドッグフードと一緒に買い求めた新しい首輪とリードを多聞につけて、和正は車から降りた。

「姉ちゃん、多聞を連れてきたぞ」

ドアを開けて家の中に声をかけた。一瞬遅れて返事があった。

「和正?　犬を連れて来たの?」

「そうだよ」

和正は持参した濡れタオルで多聞の足の裏を拭き、家に上がった。麻由美が風呂場から出てきた。

「洗濯？」

訊くと、麻由美の表情がかすかに曇った。

「母さんが粗相《そそう》して」

麻由美の表情からして、漏らしたのが小便でないことは明らかだった。

「ご苦労さん……」

和正は言った。麻由美には頭を下げるしかない。

「後始末はもう慣れたからいいんだけど……母さん、機嫌が悪くなるのよ。さすがにバツが悪いんだと思うのよね——あら、こんにちは、多聞君」

麻由美は腰を落とし、多聞に手を伸ばした。多聞は堂々とした態度で麻由美の指の匂いを嗅ぎ、舌先で舐めた。

「賢そうな顔ね」

麻由美は多聞の頭を撫でた。

「いい犬だろう？」

「穏やかそうだし、この子なら、母さんも気にいると思うわ。連れていってみる？」

「うん」

麻由美に先導され、和正は多聞を連れて廊下を進んだ。母の部屋は、一階の一番奥の和室だ。一番広く、陽当たりもいい。

「母さん、和正が来たよ。入るね」

返事はなかったが、麻由美はドアを開けた。消毒液の匂いが漂ってきた。和正はリードを握り直して、多聞と一緒に部屋に入った。

「母さん、調子はどう？」

母は布団に横たわり、首だけを曲げて窓の外の花壇を見つめていた。

「母さん？」

もう一度声をかけると、母が顔を向けてきた。

「どちら様？」

母の言葉にショックを受け、和正は唇を噛《か》んだ。少しずつ症状が悪化しているのは知っていたが、息子である自分を認識できないというのは初めての症状だった。

「なに言ってるのよ、母さん。和正じゃないの。息子の和正よ」

麻由美が取り繕うように笑った。だが、不自然に微笑《ほほえ》む横顔は麻由美もショックを受けていることを物語っていた。

「ああ、和正かい。大きくなったねえ」

母の言葉になんと答えればいいのかわからず、呆然《ぼうぜん》と立ち尽くしていると、多聞が母の近くへ歩み寄った。寝たままの母の顔の上に鼻を近づけ、匂いを嗅ぐ。

「おや、犬じゃないか……おまえ、もしかして、カイトかい？」

母が腕を伸ばして多聞の胸を撫でた。

「カイトだ。カイトに間違いない。今までどこへ行ってたの？」

母の声が少女の声のような響きを伴いはじめた。

「カイトって？」

和正は麻由美に訊いた。

「さあ。母さんが子供の頃に飼ってた犬の名前かな？」

「カイト、カイト」

多聞を撫でる母は、声だけでなくその心も少女の頃に戻ったかのようだった。

「いつからこんなに悪化したんだよ？」

和正は母を凝視した。

「二、三週間ぐらい前からかな。時々、わたしのこともわからなくなるんだ」

「言ってくれればいいのに……」

「あんたが心配するといけないと思って……いつか言わなきゃとは思ってたんだけど」

麻由美が視線を落とした。

「ねえ」

母が体を起こした。

「カイトを散歩に連れていってやらなきゃ」

「そうだね。みんなで散歩に行こうか」

和正は咄嗟《とっさ》にそう答えていた。

＊＊＊

和正はリードを握って嬉しそうに多聞と歩く母の後ろ姿をはらはらしながら見守った。麻由美も同じ気持ちなのだろう。横顔が強張《こわば》っている。

ふたりの心配をよそに、母ははしゃいでいた。絶え間なく多聞に語りかけ、立ち止まっては腰を屈《かが》めて多聞を撫でる。

「母さん、子供に返ったみたい」

麻由美が言った。

「うん」

和正はうなずいた。若返ったというより、子供に戻ってしまったかのようだ。その様子を見ていると、母が突拍子もないことをしでかすのではないかと不安が募っていく。

救いは多聞の様子だ。初めて歩く場所だというのに、なにかに怯《おび》える様子もなく堂々とした態度で母と歩いている。

なにかがあれば、多聞が母を守ってくれるに違いない――そう思わせるものが多聞にはあった。

「和正、なにをのんびり歩いてるのよ。速く、速く」

母が振り返って手招きした。和正のことは思い出したのだ。

「母さんが速く歩きすぎなんだよ」

和正は歩調を速め、母と肩を並べた。

「お利口でしょ、カイト。全然引っ張ったりしないのよ。わたしに合わせて歩いてくれるの」

声だけではなく、言葉使いも若々しい。

「うん。カイトは賢いよね」

和正は感謝の気持ちを込めて、多聞の頭を撫でた。

「子犬の時からお利口だったんだから」

麻由美の言うとおり、母は自分が昔飼っていた犬と多聞を混同しているのだ。声や仕種が若返ったとしても、病気が治ったわけではない。

名取川が見えてきた。河川敷に畑が広がっている。

信号も横断歩道もないところで、母が道を渡ろうとした。

危ない——喉元まで出かかった言葉を、和正は飲みこんだ。

多聞が立ち止まり、リードが張って母も足を止めた。

「どうしたの、カイト?」

いぶかしげに多聞に語りかける母の脇を、大型のトラックが走り抜けていった。

「いきなり道を渡ろうとしちゃ危ないでしょ、母さん」

麻由美が血相を変えていた。

「だいじょうぶよ。カイトがついていてくれるんだから」

母は無邪気に笑った。

和正は麻由美と目を見合わせた。秋の到来を思わせる乾いた風が吹き抜けていった。

＊＊＊

「今日は助かったよ、多聞」

和正は助手席に腕を伸ばし、多聞の胸を撫でた。

「おまえ、おふくろが道に飛び出すのを止めてくれたんだろう。守護神みたいだって、姉ちゃんも言ってたぞ」

多聞は和正に撫でられながら正面を見つめていた。

小一時間ほどの散歩から戻ると、母は疲れたと言って床《とこ》についた。散歩はもとより、家を出るのも久しぶりだったらしい。

すやすやと眠る母の寝顔に別れを告げ、和正は実家を後にしたのだ。

信号が変わった。和正は両手でステアリングを握り、アクセルを踏んだ。

震災前はマニュアル車に乗っていた。オートマなど車ではないと思っていた。だが、その車は震災で、倒れてきたコンクリート塀の下敷きになり、廃車となった。新しい車を買う金などなかったが、仕事に必要だからと沼口が与えてくれたのがステアリングを握っているこの車だった。

ただ同然のオンボロで、故障が多く、燃費が恐ろしく悪い。この車を維持するだけでもかなりの出費になっていた。

「新しい車がほしいな」

和正は呟《つぶや》いた。多聞が和正を見た。

「姉ちゃんにも金を入れてやりたい」

多聞がまた正面に顔を向けた。

「金がほしい」

多聞が欠伸《あくび》をした。

アパートの近くの路肩に車を停めた。駐停車禁止のエリアだが違反切符を切られたことはない。震災以来、警察はてんてこ舞いの忙しさなのだ。だが、いずれはすべてが元に戻るだろう。そうなったら、駐車場を確保しなければならなくなる。

金が要る。とにかく、金が要る。

部屋に戻ると、多聞にドッグフードを与えた。和正の夕食はカップ麺だ。

「おまえの方がいいもの食ってるな」

がつがつと食べる多聞を見ながら和正は言った。そんなことを呟いてしまう自分に腹が立って、乱暴に煙草をくわえた。

スマホに電話がかかってきた。麻由美からだった。

「どうした?」

和正は電話に出た。

「母さんが起きたんだけど、カイトはどこへ行ったってうるさいのよ」

「また連れていくよ」

「あの子が来ると元気になるのはいいんだけど、ちょっと心配。今も子供みたいに駄々こねてるのよ。それに、カイトはあんたが連れてきたんだって言ったんだけど、また、忘れてるの」

「おれのことを?」

返事の代わりに溜息が聞こえてきた。

「そのうち、施設に入れなきゃならなくなるのかな」

和正は言った。

「そんなお金、どこにあるのよ」

家のローンを清算した後に残った父の生命保険金は雀の涙ほどだった。麻由美はその金と自分のわずかばかりの蓄えで母の面倒を見ている。米や野菜などを、農家をしている母方の親戚が送ってくれるのでなんとかやっていけている状態なのだ。

「ごめんな、姉ちゃん」

「謝らないの。家族なんだから」

電話を切り、煙草を灰皿に押しつけた。

「多聞、おれ、やろうかと思う」

多聞に語りかけた。多聞はフードを食べ終え、和正のそばで伏せていた。

「沼口さんの言ってた仕事。今より全然やばい仕事だけど、金になる。それに、おまえが守ってくれそうな気がするんだ。今日、母さんを守ってくれたみたいに」

多聞は目を閉じていたが、和正が言葉を発するたびに、耳が小さく動いた。

「おまえの餌代も稼がなきゃならないしさ、やるよ、おれ」

多聞が目を開けて和正を見た。

いいんじゃないの――そう言われた気がした。

4

マンションから三人の男たちが出てきた。三人とも小柄で、肌が浅黒かった。

ひとりが車に近寄ってきて、運転席側の窓を叩いた。和正は窓を開けた。

「木村《きむら》さん?」

男が和正の偽名を口にした。

「そうですけど」

「ミゲルです」

男が言った。流暢《りゅうちょう》な日本語だった。

「それから、ホセとリッキーです」

和正はうなずいた。どうせみんな偽名なのだ。

「乗ってください」

ミゲルが他のふたりを促した。ホセという男が助手席に、ミゲルとリッキーは後部座席に乗り込んだ。

ミゲルがなにかを言った。荷室の多聞に気づいたのだ。多聞は和正が用意したケージの中に入っている。

「どうして犬がいますか？」

ミゲルが口を開いた。

「あれはおれの守り神なんです。わかりますか？」

ミゲルが首を傾げた。

「ガーディアン・エンジェル」

和正は英語で言った。

「ああ、なるほどね」

ミゲルがうなずき、後ろのふたりに早口でなにかをまくし立てた。

「吠えたり暴れたりはしませんから」

「ガーディアン・エンジェルなら、ぼくたちにも必要ね。日本語でなんと言いました？」

「守り神」

ミゲルは守り神という言葉を口の中で二、三度唱《とな》えた。

「じゃあ、行きましょう」

ミゲルが言った。和正はパーキングブレーキを解除した。

沼口が用意してくれたのは整備が行き届いたスバル・レガシィだった。いわゆるセミオートマ車で、マニュアル車のように運転することができる。

「まっすぐ国分町《こくぶんちょう》でいいですか？」

和正は繁華街の名を口にした。ミゲルがうなずいた。

時刻は午前二時半。辺りに人の気配はなかった。

Nシステムを避けながら街の中心部へ向かった。沼口の仕事をするようになってから、どこにNシステムが設置されているかを調べ、頭に叩き込んであった。

「運転上手ね」

ミゲルが言った。街中をゆっくり走らせているだけだが、ミゲルには違いがわかるようだった。

繁華街にはまだネオンが点《とも》り、人が大勢いた。和正はオフィス街の一画に車を停めた。

「三十分後に、またここで」

ミゲルたちが車を降りた。多聞はケージの中で伏せたままだ。

三人の姿が見えなくなると、和正は車を発進させた。エアコンを効かせてあるのに汗を掻いている。喉も渇いていた。自分でも気づかぬうちに緊張していたのだ。

宛てもなく車を走らせる。対向車のヘッドライトが目に入るたびに心臓が早鐘を打った。気持ちを落ち着かせようとたびたびルームミラーで多聞の様子を確認した。

鏡を見るたびに、多聞は違う方向に顔を向けていた。左右の窓だったりリアウィンドウだったり、正面だったり。

やがて和正は気づいた。多聞は常に南の方角に顔を向けている。

「南の方になにかあるのか?」

多聞に声をかけてみたが、反応はなかった。多聞は黙って南に顔を向けている。

時間が迫ってきた。

和正は車を三人と別れたところに停めた。フットブレーキだけで、いつでも発進できるように身構える。ステアリングを握る手が汗で濡れていた。掌をジーンズに擦《こす》りつけたが、すぐに汗ばんでしまう。

「変わったことはないか、多聞」

首を巡らせ、多聞に声をかけた。多聞が和正を見た。自信に満ちた目が、だいじょうぶだから落ち着けと言っているように思えた。

ビル群の奥から男たちがやって来るのが見えた。車を降りた時は空だったバッグが膨らんでいる。

貴金属店を襲うのだと聞いていた。

男たちはどこかで一杯やった帰りのように落ち着いた足取りでこちらへ向かってくる。

「早くしてくれよ」

和正は呟いた。すぐにでも警報ベルが鳴り響き、パトカーのサイレンが聞こえてくるような気がした。

パトカーに追われる自分の姿が何度も脳裏に現れては消えた。必死でレガシィを走らせても、結局は捕まってしまうのだ。

「出してください」

ミゲルが助手席に乗り込んできた。ホセとリッキーが後部座席に座った。ドアが閉まった。

和正はアクセルを踏んだ。

「そんなに急がなくていいです。ゆっくり、ゆっくり。落ち着いて。OK?」

ミゲルがステアリングを握る和正の左手を軽く叩いた。

「あ、すみません」

和正はアクセルペダルを踏む足の力を緩めた。目立っては元も子もない。警察の注意を引かぬよう、安全運転でゆっくり走らせるのだ。

「あなたの守り神、最高ね」

ミゲルが後ろに目をやった。多聞はまた、南の方角に顔を向けている。

和正は唇を舐めた。落ち着け——自分に言い聞かせながら、Nシステムを避けて車を走らせた。

男たちは和正には理解できない言語で会話し、笑い、煙草を吸った。犯罪を犯してきた直後とは思えないほど和気藹々《わきあいあい》としている。

遠回りをしながら男たちを拾ったマンションに向かった。マンションから百メートルほど離れたところに車を停めた。

「ありがとう、木村さん。またね」

ミゲルが微笑みながら車を降りた。他のふたりがそれに続く。多聞が三人の様子をじっと見つめていた。男たちは振り返ることもなく遠ざかっていく。

和正はスマホで沼口に電話をかけた。

「今、終わりました」

「おお、ご苦労。帰って休め」

「そうします」

「郵便受けの中、見てみろ」

「郵便受け？　なんのことです？」

言葉の途中で電話が切れた。和正は舌打ちし、車を発進させた。

「変なことに付き合わせて、悪いな、多聞。家に帰って寝よう」

多聞はまた南の方角に顔を向けていた。

アパートに戻り、部屋に入る前に郵便受けを覗《のぞ》いた。茶封筒が入っていた。

封筒を摑《つか》み、慌てて部屋に入った。しっかりと施錠し、多聞の足を拭いた。その間に呼吸を落ち着ける。

多聞に水を与え、畳に腰を落とした。煙草を吸う。吸い終わると封筒を手に取った。

中には一万円札が二十枚、入っていた。

盗品の搬送をして受け取る金の一ヶ月分を、一晩で稼いだのだ。

この手の仕事が週に一度でもあれば……

「姉ちゃんを楽にさせてやれる」

和正は呟き、新しい煙草に火を点けた。多聞がそばにやって来て寝そべった。目を閉じるとすぐに寝息を立てはじめた。

「疲れたか?」

和正は多聞にそっと声をかけ、もう一度一万円札を数えた。

5

どのチャンネルも同じニュースが流れていた。

今日未明、国分町の貴金属店に三人組の強盗が押し入り、貴金属や高級腕時計など、およそ一億円相当の品物を盗んで逃走した。

ミゲルたちの犯行の一部始終が、店の防犯カメラの映像として流されている。

ミゲルたちは目出し帽を被《かぶ》り、バールで窓ガラスを破壊して店内に侵入し、慌てることもなくショーケースを壊しては宝石や時計をバッグに放り込んでいく。

店に押し入ってから出て行くまではおよそ五分。

手慣れた犯行で、警察は組織的な窃盗団の仕業《しわざ》と見て捜査しているとアナウンサーが告げていた。

「マジかよ……」

映像を見ていると、体が震えた。車を運転しているだけならどこか他人事《ひとごと》だが、こうして実際の犯行の様子を見せつけられると自分も共犯者なのだと強く実感した。

二十枚の一万円札も慰めにはならない。金の出所を麻由美が知ったら嘆き悲しむだろう。

「だけど、金は金だ」

和正は自分に言い聞かせるように口にした。

生きていくのに金は必要だ。おまけに、和正には認知症が進行している母がいる。母の面倒を見るために自分を犠牲にしている姉がいる。

金が要る。稼げるならどんな仕事に就いてでも稼ぎたい。なのに、震災のせいでその仕事がないのだ。

藁《わら》にも縋《すが》りつきたい。その藁が、ミゲルたちの仕事なのだ。

犯罪だが、それに縋るしかないのなら縋るだけだ。そうしなければ、母と麻由美の生活が成り立たない。

「多聞、散歩に行くぞ」

寝そべっていた多聞に声をかけた。多聞は素速く起き上がり、玄関に向かった。もう、何年もこの部屋で暮らしているかのような態度だ。

アパートの住人は単身者がほとんどだ。みな、もう出勤した後で、和正が多聞と部屋から出てくるところを見咎《みとが》める人間はいなかった。

宛てもなく歩き出す。ネットで犬の飼い方を調べたのだ。最低でも一日に二度、三十分以上の散歩に連れていくべきだと書かれた記事を目にした。

多聞はリードを引っ張ることもなく、和正に合わせて歩いた。必ず和正の左側を歩く。電柱や立て看板があると小便を引っかけるために立ち止まるが、それだけだ。

「前の飼い主はおまえをきっちり躾けたんだなあ」

和正は嘆息した。和正の知っている犬といえば、リードを引っ張って好き勝手に歩き回り、人や他の犬の姿を目にするとヒステリックに吠える小型犬だ。

多聞はああいう犬たちとは明らかに違った。リードを持つ人間を信頼し、しかし、頼り切りになるのではなく、堂々と歩く。まるで息のあったパートナーのようだ。

路地を左へ折れようとして和正は多聞とぶつかりそうになった。多聞は右へ行こうとしたのだ。

「なんだ？　おまえはあっちへ行きたいのか？」

別に行く宛てはないのだ。多聞の行きたい方へ歩いてやることにした。

次の路地を右へ曲がろうとすると、多聞が抗《あらが》った。真っ直ぐ進みたがっている。

「だめだ。真っ直ぐ行くと大通りに出るんだ。人や車が多くて歩きにくい」

和正は言った。多聞は前を向いたまま立ち止まっている。

「こっちだってば――」

リードを引こうとして、和正は気づいた。多聞が進もうとしているのは南だ。

「おい。南になにかあるのか？　前の飼い主がいるとか、おまえが昔住んでたところとか……」

多聞が和正を見た。

「おまえがどこかに行きたいっていうんなら連れてってやりたいけど、行き先がわからないんじや、無理だな。ごめんよ、多聞」

和正はリードを軽く引いた。多聞は今度は素直に従った。路地を右に折れ、これまでと変わりなく歩きはじめる。

多聞は南に行きたがっている。

和正はそう確信した。

＊＊＊

多聞がドッグフードを食べ終えた皿を洗っていると、沼口から電話がかかってきた。

「ニュース、見たか？」

「はい」

「さすがに手際がいいよな」

「何者なんですか、あの連中？」

「おれも詳しくは知らん。ただ、東京や大阪を手はじめに、全国を渡り歩いてるらしい。こっちにいる間、面倒を見てやってくれって頼まれてなあ。ま、その見返りとして、連中が稼いだ金の何パーセントかをもらえる段取りになってるんだ」

「なるほど」

今回の被害額は一億ほどと言っていた。その数パーセントとなれば、沼口の懐《ふところ》には数百万単位の金が転がり込んでくるのだ。和正に二十万払ったとしても儲《もう》けは残る。

「また、来週、頼む」

「来週？　マジですか？　警察も嗅ぎ回ってるのに」

「短期間で荒稼ぎして次の町に移るってのがやつらの手口なんだとよ」

和正は溜息を押し殺した。二十万の報酬が定期的に入るのではという期待は脆《もろ》くも潰《つい》えた。ミゲルたちが仙台にいる期間は短いのだ。

「ミゲルとかいうやつが言ってたぞ。おまえの守り神が気に入ったってな。なんだ、その守り神ってのは？」

「犬ですよ」

「あの犬か？　変わったやつだな。ま、とにかく、そういうことだから、詳しいことが決まったらまた連絡を入れる」

「はい。待ってます」

和正は電話を切った。

「やっぱり、世の中、そう美味しい話は転がってないってよ」

多聞に語りかける。多聞は和正に顔を向けた。

そういうもんさ——多聞がそう答えたような気がした。

＊＊＊

母は和正のことは忘れていたが、多聞のことはしっかりと覚えていた。

相好《そうごう》を崩して多聞に手招きしては、カイト、カイトと声をかけ、しきりに撫でる。多聞も満更ではなさそうな顔をしていた。

「姉ちゃん、いい？」

和正は麻由美を台所に呼んだ。

「なによ、急に」

「これ。少ないけど、なにかの足しにしてくれ」

麻由美に茶封筒を渡した。中には十万円が入っている。封筒の中身を確かめた麻由美が顔をしかめた。

「なんなのよ、このお金」

「臨時収入があったんだ。パチンコで、二日続けて勝ったんだよ」

和正はあらかじめ用意しておいた作り話を口にした。

「パチンコって、あんた、ギャンブルなんかやってるの？」

「パチンコはギャンブルってほどのもんじゃないよ。暇つぶしでやってみたら、たまたま勝ったんだ」

「調子に乗ってパチンコ通いなんてやめてよね」

「わかってるよ」

「とにかく、これはありがたくいただく。助かるわ」

麻由美は茶封筒を胸に当て、和正に頭を下げた。

「やめろよ。家族じゃないか」

「だって、ありがたいものはありがたいもの。それで、仕事の方は順調？」

「うん。だいぶ慣れてきたし、そろそろ給料もあがるかも。雀の涙ほどだけどね」

麻由美には宅配業者に運転手として雇われたと話してある。麻由美も沼口のことは知っている。沼口の下で働いていることがわかれば、いらぬ心配をするだろう。母の面倒だけで手一杯なのだ。余計な気苦労はかけたくなかった。

「無駄遣いしないで、貯金しておいてね。母さんの症状が重くなったら、きっと、わたしひとりじゃ面倒見きれなくなる。そうなったら、お金がいるようになるわ」

「親父の生命保険、いくら残ってる？」

「三百万ぐらいかな」

「たったそれだけか……おれ、東京に出稼ぎにでも行こうかな」

「それ、本気で考えてもらわなきゃならなくなるかも」

麻由美が真顔で答えた。

母の部屋からは朗《ほが》らかな笑い声が聞こえてくる。普通なら心が和《なご》むのだろうが、母の病気のことを考えると、和正も麻由美も心が痛む。

「多聞連れて散歩に行こうか。みんなで」

和正は言った。麻由美がうなずいた。

「あの子がいると、母さんも散歩に行くのが楽しいみたい。普段は家にこもったままだから」

麻由美は金の入った茶封筒をジーンズの尻ポケットに押し込み、つけていたエプロンを取った。

「母さん、カイトと一緒にお散歩に行かない？」

「行く、行く」

答える母の声は、やっぱり少女のそれだった。

＊＊＊

先日とは別のルートを通って名取川に辿《たど》り着いた。畑の脇の道を抜け、川岸近くまで進んだ。川岸はちょっとした公園のように整備されており、ベンチが並んでいる。

和正たちはそのベンチのひとつに陣取った。和正は右手にぶら下げていたレジ袋を空いたスペースに置いた。途中でコンビニに立ち寄り、サンドイッチやお握り、飲み物を買っておいたのだ。

「気持ちがいい天気ね」

麻由美が空を見上げた。空は晴れ渡っているが、気温は暑くも寒くもない。歩いてきて汗ばんだ体に、川の上を走る風が心地よかった。

「母さん、なに食べる？」

和正は訊いた。

「ハムサンド」

母は即答した。和正は微笑みながらハムサンドの包装を解き、紙パックのオレンジジュースにストローを挿して母に渡した。

「カイトにあげてもいい?」

母はサンドイッチを手にして麻由美に訊いた。

「だめよ。人間の食べ物は犬には毒なんだって」

母の顔が曇った。和正はレジ袋の中からササミのジャーキーを取りだした。

「これならあげてもいいよ、母さん」

「ほんと?」

母はジャーキーの袋を受け取った。多聞の耳が持ち上がった。初めて会ったときに和正がやったジャーキーのことを覚えているのだろう。

母が多聞にジャーキーを与えた。多聞は尻尾を盛大に振ってジャーキーにかぶりついた。

「いい子だね、カイト」

母はそんな多聞を微笑みながら見つめている。

「母さんも食べて」

麻由美に促されてサンドイッチを頬張った。

「わたしたちも食べようか。お腹減っちゃった」

麻由美はポテトサラダのサンドイッチを、和正は明太子のお握りを食べた。飲み物はペットボトルの烏龍茶だ。

食べ終えると、和正はベンチから離れ、ひとり、煙草を吸った。

母は絶えず多聞に話しかけ、麻由美は母と多聞を見守りながら微笑んでいる。

どこからどう見ても完璧な親子だ。穏やかな初秋の陽射しと多聞の存在が、その完璧さに彩りを加えている。

煙草を吸い終え、ベンチに戻った。麻由美が涙ぐんでいるのに気づいた。

「どうしたんだよ、姉ちゃん」

麻由美が目を覆った。

「なんか、幸せだなって思って。ここんとこ、精神的にけっこうきつかったんだよね。それがさ、こんな気持ちのいい日に川岸でお弁当食べながら母さんの笑い声聞いて……なんか、天国ってこんな感じなのかなって思って、そうしたら、涙が出てきて」

和正は麻由美の肩に腕を回した。

「半年前は地獄の中にいるみたいだったから、余計そう感じるのかも」

「多聞のおかげだ」

和正は言った。

「そうだね。あの子のおかげで母さんが元気になって、こうやって、家族みんなで散歩に出てる。あの子のおかげだね」

ジャーキーがまだあることを知ってか、多聞は母をじっと見つめている。母はそれを多聞の愛情の印と受け取って喜んでいる。こんなふうに笑う母を見たのはいつ以来だろう。

和正は目を閉じた。瞼《まぶた》の裏に日の光を感じる。母の笑い声が耳に飛び込んでくる。麻由美が洟《はな》を啜っている。

確かに、天国とはこういうところかもしれない。温かくて穏やかで幸せだ。

多聞が和正たちを天国まで連れてきてくれたのだ。

6

ミゲルたちが車に乗り込んできた。この前と同様に、ホセが助手席に乗った。ミゲルは後部座席で体をねじり、ケージの格子の間から指を入れ、多聞の顎の下を撫でた。

「今日も守り神がいるから、仕事は順調にいくよ」

ミゲルが言った。

「多聞が気に入ったみたいだね」

和正はアクセルを踏みながら言った。

「タモン、どういう意味ですか？」

「さあ」和正は首を傾げた。「迷い犬だったんですよ。首輪に、多聞って書いたタグがついていて。だから、多聞という名前だと思うんです」

「迷い犬……震災のせいですか？」

「多分。飼い主とはぐれたか、飼い主が死んでしまったか」

ミゲルはまた体をねじって多聞になにかを話しかけた。和正にはまったく理解できない言葉だったが、可哀想な犬だと言ったのだと思った。

ミゲルは犬が好きらしい。

沼口からは、今夜はミゲルたちを地下鉄南北線の長町南駅《ながまちみなみ》へ運べと言われていた。地下鉄駅の出口付近で三人を降ろした。

「三十分後にここで」

ミゲルはそう言い残し、夜の街の中へ消えていった。

この前と同じように宛てもなく車を流し、三十分後に元の場所へ戻る。すぐに三人が現れた。この前と同じように落ち着き払っている。

和正も前回よりは落ち着いていた。どんなことにも人は慣れるのだ。

余計な口は叩かず、Ｎシステムを避けながら車を走らせる。

遠くでパトカーのサイレンが鳴り響いていたが、こちらに向かってくる様子はなかった。

ミゲルたちはプロなのだ。手際よく貴金属店を襲い、警察が駆けつける前に引き上げる。

おそらく、実際に襲撃する前に、入念な下見をしているのだろう。どこになにがあるかを見極めた上で仕事に及ぶのだ。

この前と同じ、マンションから離れたところで車を停めた。ホセとリッキーが素速く車から降り、離れていった。ミゲルは車に残ったままだ。

「なにか？」

和正は訊いた。落ち着かない気分だった。

「あなたの守り神、わたしに譲ってくれませんか」

ミゲルが言った。

「多聞を？　だめです。あいつはおれの犬なんだから」

「五十万でどうです」

金額を耳にして、早く車から降りてくれと喉元まで出かかっていた言葉を飲みこんだ。

「五十万？」

「この犬を譲ってくれるなら、払います」

「どうしてそんな大金を？」

「とてもいい犬です。それに幸運の守り神ね。わたし、連れていきたい。この犬と一緒なら、多分、警察に捕まらない。五十万じゃだめですか？　なら、百万でどうです」

心が揺れ動いた。数ヶ月働き続けなければ稼げない金が一瞬で手に入るのだ。多聞を譲るだけでいい。百万があれば、麻由美も一息つける。多聞に愛着はあるが、少し前に拾ったばかりの犬だ。母や麻由美の幸せを考えれば、手放しても惜しくはない。それに、ミゲルは犬が好きそうだ。きっと、多聞に愛情を注ぎ、大切にしてくれるだろう。

多聞と目が合った。多聞はじっと和正を見つめていた。心の裡《うち》を見透《みす》かすような目だった。

「だめだ」和正は首を振った。「多聞はおれの家族だ。いくら金を積まれても、売ることなんてできない」

「そうですか。残念ですが、あなたの気持ちはわかります。犬は大切な家族。そのとおりです」

ミゲルが車を降りた。多聞に声をかける。なんと言ったのかはわからない。

「また、お願いします。必ず、守り神を連れて来てください」

和正はうなずいた。ミゲルが背を向け、歩き去っていく。

「ごめんな、多聞、一瞬でもろくでもないことを考えた。おまえはおれたち家族を天国に連れていってくれたってのに……」

車を西に向け、東北自動車道のインターを目指した。アパートとは逆方向だが、このまま帰って寝る気にはなれない。

久しぶりに車を飛ばしたかった。

ルームミラーに映る多聞は、やはり、南の方角に顔を向けていた。

＊＊＊

仙台東部道路を仙台空港インターで降り、海を目指した。震災の後は海に近づくのは気が引けた。津波の爪痕《つめあと》がまだ生々しく残っているからだ。

恐ろしくもあった。

それでも、海を見たいという気分になっていた。震災から半年が過ぎ、多聞という新しい家族も得た。そろそろ、気持ちに区切りをつけるべきではないのか。

震災前にはあった家や倉庫が姿を消している。防風林も津波に飲みこまれて消えてしまった。

和正は車を停めた。多聞を降ろし、徒歩で海岸へ向かった。夜明けが近い。水平線の辺りが赤く染まりつつあった。昼間は心地よかった風が冷たい。秋はもうすぐそこまでやって来ている。

月はなく、空には星が煌《きら》めいている。打ち寄せる波の音が物寂しげだ。

無言で海岸線を歩いた。まずは北へ。多聞は素直についてくる。

途中で回れ右をした。途端に、多聞の歩く速度が上がった。

なぜかはわからないが、多聞は南に引き寄せられているのだ。

和正はリードを外した。多聞が立ち止まり、振り返る。

「行っていいぞ」和正は言った。「南に行きたいんだろう？　おまえを待ってるやつがいるんじゃないのか？　おまえの大切な人なんだろう？　いいぞ。行けよ。好きにしていい」

なぜそんなことを口走っているのか、自分でもわからなかった。

多聞が愛《いと》おしい。多聞がいなくなったら、自分はもちろん、母も寂しがるだろう。病状がさらに悪化するかもしれない。

それでも、多聞の好きにさせてやるべきだと、胸の奥でだれかが囁《ささや》いている。

「行けよ」

和正は言った。多聞は和正を見、ついで、南に顔を向けた。目を細め、匂いを嗅ぐような仕種をした。脚に力が入っている。今にも駆けだしてしまいそうだった。

行けと言ったくせに、本当に行ってしまうのかと思うと胸が締めつけられた。

多聞には家族がいるのだ。今は離ればなれになっているだけだ。和正たちは、家族を探し求める旅の途中で出会ったかりそめのパートナーにすぎない。

なんとなくわかってしまった。わかってしまった以上、多聞を無理矢理繋《つな》ぎ止めておくわけにはいかない。それは、多聞が示してくれた愛情に対する裏切りのような気がした。

多聞の体から力が抜けた。多聞は匂いを嗅ぐのをやめ、和正の方に歩み寄ってきた。和正の太腿に甘えるように体を押しつけてくる。

「行かなくていいのか？」

和正は訊いた。多聞の尻尾が揺れた。

「本当にいいのか？　会いたくてしょうがないんじゃないのか？」

多聞は和正の太腿に体を押しつけたまま、動こうとはしなかった。

「ありがとう」

和正は言った。胸の奥からこみ上げてきた言葉だ。これほどまでの感謝の気持ちを他者に抱いたことはない。

「ありがとう、多聞」

和正は腰を落とし、多聞を抱いた。多聞が頬に鼻を押しつけてきた。多聞の鼻は氷のように冷たかった。

7

「また、パチンコ？」

麻由美が渡した金を見て目を剝《む》いた。

「うん。ビギナーズラックかな」

「ギャンブルはだめって言ったじゃない」

「もう、やらないよ。そろそろ運を使い果たす頃だし」

和正と麻由美は店を出て車に向かった。たまにはドライブで遠出しようと和正が提案し、蔵王へ向かうことになったのだ。

途中で母が空腹を訴え、目に留まったパン屋で菓子パンを買ったところだった。

「毎日のように多聞を連れてくるし、車も新しくなったし……なにやってるの？　仕事、してないでしょう？」

麻由美の視線が胸に突き刺さるようだった。

「パチンコで勝ってるから、仕事はちょっとお休み」

冗談めかしてみたが、麻由美の表情は変わらなかった。

「変なことに手を貸してないでしょうね？」

「変なことってなんだよ」

「あんたが、沼口のところで働いてるって耳にしたの。本当？」

「沼口って、あの不良の？　冗談じゃないよ」

和正は真顔で否定した。麻由美は昔から勘がよかった。

「和正」

麻由美に手を摑まれ、和正は足を止めた。麻由美が名前で呼ぶときは叱られるときと相場が決まっていた。

「頼れるのはあんたしかいないんだよ。わかってる？　あんたがしっかりしてくれないと、母さんとわたしはどうしたらいいの？」

「わかってるよ」

和正は唇を尖《とが》らせた。

「楽で割のいい仕事なんてないんだから。今、震災の復興でどこの労働現場でも人手が足りないって言ってるのよ。えり好みさえしなかったら、仕事はいくらでもあるでしょう」

「わかってるって。せっかくドライブに来たんだから、そうかりかりすんなよ」

和正は麻由美の手を振り払い、歩きはじめた。車の後部座席で母が笑っている。荷室のケージの中にいる多聞に、なにかを話しかけているのだ。

姉の言葉は耳に痛い。だが、せっかくの母の笑顔を台無しにされたくもなかった。

「ちゃんと働くよ」

和正は、車に乗り込む直前、麻由美に顔を向けた。

ミゲルたちはもうすぐ仙台からいなくなる。実入りのいい収入も断たれるのだ。働かなくては。肉体労働は嫌だと目を背《そむ》けていたが、もう、そうも言っていられない。沼口とずるずるの関係になるのも避けなければ。

「ハムサンド買ってきたよ」

大好物が入った手提げ袋を母に渡した。

「ありがとう、カズちゃん」

母が言った。胸が熱くなった。中学にあがるまでは、母は和正のことを「カズちゃん」と呼んでいたのだ。記憶は混濁しているのだろうが、和正のことをちゃんと認識している。

「カイトがね、散歩したいって」

「もうすぐ大きな公園に着くから、そこで散歩しよう」

「うん」

麻由美が助手席に乗り込んできた。和正は車のエンジンをかけた。

「カイト、大好き」

母はそう言ってハムサンドにかぶりついた。

「みんな、カイトが大好きだよ」

和正はステアリングを切りながら車をバックさせた。

「カイトもわたしたちのことが大好きだって」

母は本当に幸せそうだった。

＊＊＊

沼口から連絡があったのは、二件目の犯行の十日後だった。

いつものようにミゲルたちと落ち合い、言われた場所で降ろし、また合流して送り届ける。簡単な仕事だ。警察に追われる恐れも少ない。ミゲルたちはプロなのだ。

「多分、これが連中の仙台での最後の仕事だ」

沼口が言った。

「どうだ。ミゲルたちがいなくなっても、似た仕事やらねえか」

「これっきりにしてください。母や姉が心配するもんで。まっとうな仕事に就こうと思ってるんです」

「そうか。無理強いはしねえよ。じゃあ、頼んだぞ」

沼口は笑って電話を切った。

これまでに手にした報酬は、半分を麻由美に渡し、残りの半分も手をつけずに取ってある。今回の仕事をこなせばさらに二十万。四十万の現金が手元にあれば、しばらくは食いつなげる。その間にまともな仕事を探すのだ。

「行こうか」

和正は多聞に声をかけた。多聞は玄関のそばで伏せていた。和正の声に反応して立ち上がり、伸びをする。

今夜、出かけるということがわかっていたような態度だった。和正の発する雰囲気から察するのだろう。多聞は人の心を読むのに長《た》けていた。

車の後部ドアを開けると、多聞は荷室に飛び乗った。自らケージに入り、和正が扉を閉めるのを待つ。

「これが最後だからな。しっかり守ってくれよ」

和正は多聞に向かって手を合わせた。多聞が欠伸した。

十月が目前に迫って、冷え込みが厳しくなりつつあった。吐く息がかすかに白い。

運転席に座り、車を発進させ、煙草を吸った。副流煙を多聞が吸い込まないようにと窓を開けた。あっという間に車内の温度が下がっていく。寒さに耐えきれなくなって煙草を消し、窓を閉めた。

「だれかの健康を気遣って煙草吸うなんて、はじめてだぞ」

多聞に話しかける。多聞は南に顔を向けていた。

いつもの場所でミゲルたちを拾った。今夜も、ミゲルは後部座席に座った。多聞に声をかけて微笑む。

「国分町へ」

ミゲルが言った。

「またですか?」

最初の犯行が国分町だった。同じエリアで二度も盗みを働くなど、正気の沙汰ではない。

「警察は油断してます。最初と同じところでやるはずはないと思ってます」

和正はうなずき、車を国分町へ向けた。ミゲルたちはプロなのだ。素人の自分が口出しすべきではない。

「今夜で仙台は最後です」

ミゲルが口を開いた。

「だから、もう一度だけ訊きます。あなたの守り神、わたしに譲ってくれませんか」

和正は首を振った。

「だめです」

「そうですか」

ミゲルは笑い、二度とその話題を口にしなかった。

国分町の外れでミゲルたちを降ろし、また、宛てもなく車を走らせた。ミゲルの言うとおり、パトカーはもちろん、警官の姿も見当たらない。最初の犯行から三週間近くが過ぎている。この辺りの捜査は終わったのかもしれない。

三十分後に同じ場所に戻った。ミゲルたちが車に乗り込んでくる。三人とも落ち着き払って汗ひとつ掻いていない。

「木村さん、お世話になりました。仙台、とてもいい街。また来たいね」

「次はどこへ行くんです」

ルームミラーの中のミゲルが意味ありげに微笑んだ。

「それは内緒です」

「そうですよね。馬鹿なことを訊きました」

口を閉ざし、運転に集中した。三人はいつにもまして饒舌《じょうぜつ》だった。これが仙台での最後の犯行だからと気が緩《ゆる》んでいるのだろう。

ミゲルたちのマンションが見えてきた。和正はアクセルを緩めた。

「ん？」

ルームミラーに映る多聞の姿に違和感を覚え、目を凝《こ》らした。多聞はマンションの方角に顔を向けていた。

いつもなら南を見ているのに、どうしたのだろう？

不審に思いながらブレーキを踏んだ。車が完全に停止する直前、多聞が唸《うな》りはじめた。

「どうした、多聞？」

パーキングブレーキのレバーを引き上げ、和正は振り返った。こんな多聞は初めてだ。

突然、ミゲルがなにかを叫んだ。ホセとリッキーが車を降りようとしているところだった。

十メートルほど前方の路地から男が三人、飛び出てきた。金属バットや鉄パイプを振りかざしている。

後ろの路地からも、別の三人が姿を現した。

「車を出せ」

ミゲルが叫んだ。和正はパーキングブレーキを解除し、ギアをドライブに入れた。ホセは車に戻ったが、助手席のリッキーがもたついている。片脚がまだ外に出たままだった。

「早く」

ミゲルが言った。

「でも、リッキーが――」

「死にたくなかったら車を走らせろ」

ミゲルの言葉に、反射的にアクセルを踏んだ。リッキーが歩道に転がった。男たちがなにかを怒鳴った。

「飛ばせ」

ミゲルが叫んだ。

「そんなこと言われても――」

男のひとりが車の前に立ちはだかった。和正はハンドルを切った。車が蛇行し、タイヤが悲鳴を上げた。

ぎりぎりで男を避けた。

壁が目の前に現れた。路地からハイエースが飛び出てきたのだ。

ブレーキを踏んだ。壁が迫ってくる。ぶつかる――和正は頭を下げた。多聞の吠え声が聞こえた次の瞬間、激しい衝撃があって暗闇が和正を飲みこんだ。

＊＊＊

激しい痛みを覚え、和正は呻《うめ》いた。頭が痛み、喉が痛み、脇腹が痛む。車内に煙が充満していた。咳《せ》き込み、苦痛にわななないた。

徐々に記憶が戻ってくる。ハイエースの脇腹に正面から突っ込んだのだ。

「多聞」

多聞を呼んだが、反応はなかった。痛みをこらえてシートベルトを外した。ドアを開けようとしたが開かない。衝突の衝撃で歪んでしまったのか。

「頼む。おれはいいけど、多聞を助けないと」

肩をぶつけると、ドアが開いた。和正は転げ落ちた。立ち上がろうとして、下半身に力が入らないことに気づいた。汗が目に入る。手で額を拭《ぬぐ》い、汗とは違う感触に震えた。額を濡らしているのは血だった。

寒かった。凍えそうだった。体が震えている。歯が鳴っていた。

呻き声が聞こえた。アスファルトに転がりながら声の主を捜した。

自分と同じように転がっている男たちが見えた。路地から飛び出てきた男たちだ。金属バットや鉄パイプも転がっている。

多聞はどこだ？　ミゲルはどこだ？

和正は首を巡らせた。

ミゲルがいた。ホセとリッキーの姿は見えない。

街灯の明かりがミゲルを照らした。ミゲルは血まみれだった。右手にナイフを握り、左手に紐を握っている。

紐？

違う。あれはリードだ。多聞のリードだ。伸びたリードを目で辿る。多聞がいた。ミゲルに付き従っている。

「多聞！」

叫んだつもりだったが、口から出た声は弱々しかった。それでも、多聞が立ち止まり、振り返った。

「多聞……多聞」

多聞がこちらに向かって駆けだした。だが、リードが伸びきった瞬間、多聞はミゲルに引き戻された。

「待ってくれ、多聞——」

和正は腕を伸ばした。だが、ミゲルは多聞を抱きかかえ、駆けだした。

「多聞……」

震えが止まらない。痛みは激しさを増していく。

多聞をどこに連れていくつもりだ、ミゲル？　母さんと姉ちゃんはどうなるんだ、ミゲル？

ミゲルと多聞の姿が見えなくなった。

「ごめんよ、母さん、姉ちゃん」

和正は呟き、目を閉じた。

泥棒と犬

1

ミゲルはナイフの刃を折り畳み、ジーンズの尻ポケットに押し込んだ。

犬がリードを引っ張るたびに鋭い声を発して叱った。犬は飼い主の姿を探し求めている。可哀想だが、あの日本人は生きてはいまい。衝突の衝撃は凄《すさ》まじいものだった。

まだ怒号が聞こえる。ヤクザたちがミゲルを捜しているのだ。

「行くぞ」

リードを軽く引いて犬の注意を促し、ミゲルは先を急いだ。

路地から路地へ。眩《まばゆ》い明かりを避け、暗がりを進む。そこがよく知らない場所だとしても、暗がりを見つけるのは簡単だった。

物心ついたときから、暗がりがミゲルの住処《すみか》だったのだ。

歩き続けていると、犬が振り返るのをやめた。賢い犬だ。今までのボスはいなくなり、ミゲルが新たなボスになったことを受け入れたのだ。

あの日本人への愛情を失ったわけではない。生きるために頭を切り換えたのだ。

「いい子だ」

ミゲルは犬の頭を撫《な》でた。この犬は守り神だ。この犬と一緒にいるかぎり、厄災はミゲルを避けていく。

「タモン？」

ミゲルは犬に声をかけた。日本人がそう呼んでいたからだ。

犬――タモンが顔を上げた。

「タモン、今からおまえはおれの犬だ」

ミゲルはタモンにそう告げた。

＊＊＊

コインパーキングに車があった。万が一の逃走用に確保しておいたもので、昨日、このパーキングに停めておいたのだ。

中古のフォルクスワーゲン。四駆だ。この車の存在は高橋《たかはし》も知らない。

タモンを荷室に乗せ、精算を済ませてからエンジンをかけた。静かに発進させる。

タモンは落ち着いていた。

賢いだけではない。肝《きも》も据わっている。野犬であったのなら、群れをまとめるリーダーになっていただろう。そういう資質の犬なのだ。

狭い路地を縫って車を南に走らせた。街を移るたびにNシステムやオービスの位置を確認する癖がついている。警察の目を引くのは避けなければならないからだ。

仙台市を抜けて名取《なとり》市に入ると国道を走った。制限速度を遵守する。定期的にルームミラーで後続の様子を確認した。

追跡者はいない。

ホセとリッキーは捕まったと考えなければならない。生きていれば拷問を受けるだろう。だが、あのふたりはミゲルがどこに向かって逃げているかは知らないのだ。

「すまんな、相棒たち」

ミゲルは煙草《たばこ》をくわえ、火を点《つ》けた。窓を大きく開ける。煙草の煙が荷室まで届かないように気を使ったのだ。

喫煙は人間だけの悪徳だ。それに犬を巻き込むわけにはいかない。

「あの日本人が恋しいか?」

ミゲルは故郷の言葉をタモンに投げかけた。タモンは真っ直ぐ前を見つめている。

そういえば、仕事で移動するときも、タモンは常に南に顔を向けていた。

タモンは南に向かいたがっている。

「南に家族でもいるのか?　あの日本人はおまえの家族じゃなかったのか?」

タモンは答えなかった。

＊　＊　＊

大型トラックが数台並んでいるコンビニの駐車場にフォルクスワーゲンを停めた。菓子パンやジュースなどの食料とドッグフードを買い求めた。買ったものを後部座席に放り込むと、灰皿の置いてあるところで煙草を吸い、電話をかけた。

「高橋に裏切られた。ホセとリッキーは死んだか、連中に捕まった」

電話が繋《つな》がると、ミゲルは英語で言った。

「日本でいくら稼いだんだ？」

「さあ。おれたちは盗んで手数料をもらうだけだ」

「その手数料を取り返したくなったんだろうな。高橋の組織は金に困っているという噂だ」

ミゲルは舌打ちした。そんなところだろうとは思っていたが、それにしてもやり方が汚すぎる。

「日本を出たい。手を貸してくれ」

「それは難しいな。韓国かロシアへ渡れ。そこからなら、故郷に戻るのに手を貸してやれる」

「日本を出た後なら、自分の力で故郷に戻れる」

「わかっているが、日本からの出国に手を貸すのは無理だ」

「わかった。また連絡する」

ミゲルは電話を切った。新しい煙草をくわえ、火を点ける。煙を吐き出しながら、頭の中に日本の地図を思い浮かべた。

記憶をたぐり、日本で仕事をしたことのある同業者たちの言葉を思い起こす。

日本から国外に脱出するには新潟が一番だ。朝鮮半島にもロシアにも行ける。

「新潟か……」

ミゲルは煙草を消し、車に戻った。後部座席に乗り込んだ。座席越しにタモンが鼻をつきだしてくる。

「腹が減ったか？」

ミゲルは故郷の言葉をタモンにかけた。タモンは鼻を蠢《うごめ》かせた。ドッグフードの封を切り、紙のボウルに入れて荷室の床に置いた。

タモンが食べはじめた。がつがつ食べながらも、周囲に対する警戒を怠《おこた》ってはいない。

ミゲルとはなりゆきで行動を共にしているが、群れを作ったわけではない——かすかに毛が逆立った背中がそう訴えているような気がした。

「賢く、勇敢な犬だ。そして、愛情深い」

ミゲルは呟《つぶや》いた。なんとしてでもタモンを自分の犬にしたかった。タモンの愛を勝ち取りたかった。

タモンも連れていかなければならない。ならば、日本を出るのは飛行機ではなく、船だ。

「新潟か……」

ミゲルは運転席にうつり、エンジンをかけた。

2

砂浜が見えたところで車を停めた。海岸線には津波がのみ込んだ瓦礫《がれき》が打ち寄せられている。あの大地震から半年が過ぎたが、南相馬《みなみそうま》市復興はまだはじまったばかりだ。

タモンを車から降ろし、リードを繋いだ。海岸線をとぼとぼと歩く。タモンはリードを引っ張ることもなく、ミゲルの歩く速度に合わせてついてくる。

「グッド・ボーイ」

ミゲルは英語で声をかけた。タモンはなんの反応も見せなかった。

「南にだれがいる？」

犬に訊《き》いても仕方がないのはわかっていたが、訊かずにはいられなかった。

タモンは答える代わりに、片脚をあげて草の茂みに小便をかけた。

「好きにしろ。そのうち、おまえはおれを無視できなくなるさ」

あたりに人の気配はない。津波の記憶がまだ生々しいのだろう。水辺には近寄りたくないというのは普通の感覚だ。

十分ほど海岸線を歩くと見覚えのある建物が見えてきた。元々は水産加工場だった建物だ。津波に襲われてほとんどのものが流され、コンクリートの外壁と天井だけが残っている。会社は倒産し、訪れる人もいない。

ミゲルはタモンを伴って建物の中に入った。立ち止まってしばらく目を閉じる。目を開けると、薄暗い中でも内部の様子が判別できるようになっていた。

建物の奥に、壊れた機械や瓦礫を積み上げたバリケードのようなものがある。バリケードの向こうには別室へと続くドアがある。かつては従業員たちの更衣室として使われていたのだろうとミゲルたちは推測した。

タモンのリードをひっくり返った机の脚に結びつけ、ミゲルはバリケードを崩した。三人がかりで築いたバリケードをひとりで崩すのは重労働だった。だが、ミゲルは黙々と働いた。

三十分もすると、ドアが姿を現した。津波に襲われたときになにかがぶつかったのか、ドアは見ただけでそれとわかるほどに歪《ゆが》んでいる。ドアノブを廻し、体重をかけると軋《きし》んだ音を立ててドアが内側に開いた。

従業員の使っていたロッカーが一ヶ月前と変わらぬ姿でミゲルを迎え入れた。左端のロッカーにだけ、真新しい鍵がついている。数字を組み合わせて解錠するタイプの鍵だ。

ミゲルはダイアルの数字を合わせて鍵を外した。ロッカーの中には小ぶりのスーツケースが入っていた。

中を確かめる。一万円札がぎっしりと詰まっていた。日本でこなしてきた仕事の報酬だ。

これだけあれば、故郷では一生遊んで暮らせる。ただし、独り者なら。

家族を養わなければならないのなら、少なくともこの三倍の金がいる。

ホセとリッキーと山分けするなら、十倍近い金が必要だ。

それだけの金を稼ぐのに、ミゲルたちは高橋の誘いにのって福島県までやって来た。震災の爪《つめ》痕《あと》も生々しい時期なら盗み放題だとそそのかされたのだ。

確かに、東京や大阪より仕事は簡単だった。だが、胸は痛んだ。

　仕事の合間に目にするのは、家や愛する家族を失った被災者たちだった。

　彼らの姿は幼かった頃の自分に重なった。

　ミゲルはゴミの山で生まれ、育った。トタンや段ボールで作った天井だけの家は、家と呼ぶのも憚《はばか》られるような空間だった。家族は貧しく、ミゲルは物心つく前からゴミの山の中から売り物になりそうなものを探す仕事をさせられた。

　貧しく、辛く、苦しく、家族だけが支えだった。

　被災地には、その家族すら失った人が大勢いた。ミゲルたちは彼らからものを盗んだ。実際に被災者から盗んだわけではなくても、心情的には同じだった。

　金を稼いで家族に楽をさせてやるためだ——自分に言い聞かせ、仕事を重ねた。

　その報酬がスーツケースの中の金だった。

「行くぞ」

　ミゲルはタモンのリードを解いた。右手でスーツケースを引き、左手でリードを握る。

「リッキーとホセの家族にも金を分けてやらなきゃならない」

　声を出すと、タモンの耳が持ち上がった。

「それが道理だ。おれは残った金を元手にしてなにか商売をやる。それで、姉に楽をさせてやるんだ。家も買ってやる。もう、泥棒はうんざりだ」

　タモンが振り返った。車を停めてあるのは、タモンが行きたがっている南とは逆の方角だ。

「真っ直ぐ歩け。車に乗ったら、また南に向かうんだ」

タモンに嘘をついた。新潟へ行くには西へ向かうことになる。

高橋たちはまだ血眼《ちまなこ》になってミゲルの――金の行方《ゆくえ》を追っているだろう。高速は避け、一般道を使ってゆっくりと新潟を目指そう。

車に戻ると、タモンを荷室に乗せた。すぐにうずくまったタモンの背中を撫でる。柔らかな毛の感触が心地よい。

「おれの故郷はおまえには暑すぎるかもな。心配ない。冷房をがんがん効かせてやる」

スーツケースを後部座席に乗せた。中から一万円札を数枚抜き取り、財布に入れた。

「腹が減ったな」

ミゲルは呟き、煙草をくわえた。

＊＊＊

郡山市《こおりやま》の郊外にあるショッピングモールの駐車場で夜を明かすことに決めた。

菓子パンに缶コーヒーだけの晩飯に胃が抗議の声をあげたが、ミゲルは無視した。

空腹はミゲルの友だ。子供の時から常に身近にいた。

荷室に移動して、膝を丸めて横になった。布団が恋しいと思うこともない。寝床がゴミの山でないだけ数倍ましだった。

俯《うつぶ》せになっているタモンの背中に手を置いた。タモンはぴくりともしなかった。ミゲルに敵意がないことは先刻ご承知なのだ。

「仲間を捜しているのか?」

ミゲルは訊いた。タモンはなんの反応も示さなかった。

「外国の言葉を聞いたことはないのか? 日本の言葉じゃなきゃだめか?」

タモンが目を閉じた。おまえの話になど付き合ってはいられないと言われたような気がした。

「本当に誇り高い犬だ」

ミゲルは微笑《ほほえ》んだ。

「おれの最初の友達は犬だった。野良犬だ。薄汚れて痩せていたが、おまえと同じように誇り高かった」

ミゲルは語った。タモンは寝息を立てていた。

ゴミの山にはミゲルたちと同じような家族が大勢暮らしていた。みな、等しく貧しく、屋根だけの家で暮らし、ゴミの山から金目のものを探して生計を立てていた。彼らは同志であり、ライバルだった。自分たちが生きていくためには、彼らを出し抜いてお宝を探し当てねばならないからだ。

ゴミの山で暮らす子供たちの中で、ミゲルは一番の年下だった。ミゲルより幼いのは赤ん坊やよちよち歩きの乳児だけだ。

年上の少年少女たちは普段は遊び仲間だったが、こと、仕事となると苛烈《かれつ》な略奪者に変貌した。ミゲルが金目のものを見つけると、それを察知した連中がどこからともなく現れて、奪っていく。

ミゲルは必死で抵抗したが、力でかなうわけもなく、泣き寝入りするほかなかった。両親や姉に訴えても、なぜやつらに見つかる前に持ち帰らなかったのかと叱責されるだけだった。

やがて、ミゲルは無口になった。遊びに興じる子供たちの群れからひとり離れ、黙々とゴミの山を掘り返すようになった。遊びに加わらないミゲルは異端児と見なされ、略奪はさらに容赦のないものになった。殴られ、罵《ののし》られ、唾を吐きかけられる。

ある日、ミゲルは錆《さ》びついたナイフを拾った。折り畳み式のナイフだったが、柄《え》はぼろぼろで、刃は赤い錆に覆われて開くこともできなかった。

ミゲルはゴミの山で見つかるぼろきれや、紙やすりのなれの果てを使って、根気よく錆を落とした。一月《ひとつき》もすると、刃は輝きを取り戻した。石で刃を研《と》ぎ、柄には比較的綺麗なぼろきれを巻きつけた。刃には新聞紙を巻きつけ、懐《ふところ》に忍ばせた。

数日後、ミゲルはゴミの山を掘り返しながら、わざとらしい声をあげた。金目のものを見つけたふりをしたのだ。

略奪者たちが飛んできた。見つけたものをよこせと迫ってきた。

ミゲルは懐からナイフを取りだし、最前列にいた少年たちに斬りつけた。

悲鳴が上がり、血が飛んだ。

無我夢中でナイフを振り回していると、だれかに腕を摑《つか》まれた。ゴミの上に押し倒され、ナイフを奪われると、無数の拳《こぶし》と足が襲いかかってきた。

両親が駆けつけて来た時には、ミゲルは血まみれで、打撲のせいで全身が腫《は》れ上がっていた。

ミゲルは一週間、寝込んだ。

立ち上がれるようになり、仕事を再開したときには、少年たちはミゲルからお宝を奪おうとはしなくなっていた。奪う代わりに、ミゲルを存在しないものとして扱うようになった。

話しかけてくる者も、目を合わせる者もいない。ミゲルが近寄れば、そこにいた者たちは申し合わせたように立ち去っていく。

ミゲルは幽霊だった。ゴミの山をさまよう幼い亡霊だ。

来る日も来る日も、ミゲルはひとりでゴミの山を掘り返した。子供たちが遊びに興じる声にも振り向かず、ただひたすらに仕事に励んだ。

いつか、ここを出るのだ。ひもじい思いをせず、ちゃんとした家のある暮らしを手にするのだ。

それだけを頭に思い描いていた。

朝から雨の降り続ける日だった。ミゲルはびしょ濡れになりながらゴミの山を掘り返していた。

突然、なにかが背後にいることに気づいて慌《あわ》てて振り返った。ナイフを振り回して以来、家族以外でミゲルにこんなに接近してくる者はなかったのだ。

犬がミゲルを見つめていた。

毛の短い雑種だ。体重はミゲルと同じぐらいだろうか。ミゲルと同じで痩せている。

好奇心に満ちた目がミゲルを見つめていた。

「食い物なんかないぞ。ぼくだって腹ぺこなんだ」

ミゲルは言った。

「あっち へ行け」

犬は尻尾を振った。

ミゲルは犬に背を向け、仕事に戻った。両親も姉も、ここ数日、まともなものを見つけていない。空腹も限界に近かった。なんでもいいから金になるものを見つけなければならない。

気配は消えなかった。犬は近寄るわけでもなく、遠ざかるわけでもなく、ゴミを掘り返すミゲルを見つめていた。

「なんなんだよ、おまえ」

ミゲルは作業の手を止めた。じっと見つめられていると、集中が削《そ》がれる。

「ぼくになにか用でもあるのかよ?」

犬が近寄ってきて、ミゲルは身構えた。腹を空かせた野良犬に子供が襲われたという話をよく耳にしていたからだ。

だが、犬は飛びかかってきたりはしなかった。ゆっくり、だが、自信たっぷりの足取りで近寄ってきた。ミゲルが掘り返していたあたりの匂いを嗅《か》ぐ。

「食い物なんて、なんにもないよ」

ミゲルは言った。この犬も、自分と同じで空腹なのだと思った。

犬が左右の前脚を器用に使ってゴミを掘り返しはじめた。ミゲルを見て、やり方を覚えたとでも言うように。

「手伝ってくれるの?」

ミゲルは言った。突然、犬に親近感を覚えた。

犬は一心不乱にゴミを掘り返している。

「よし。一緒にやろう」

ミゲルも作業を再開した。どこをどう掘っても金になりそうなものは出てこない。それでも、犬と競うように掘り続けた。

いつもと変わらぬ作業なのに、犬と一緒だと、なぜだかとても楽しかった。

3

タモンを連れてショッピングモールの周辺を歩いた。タモンは大小の用を足すと、後はミゲルの歩調に合わせてついてきた。リードが引っ張られることも、たるみすぎることもない。

歩きはじめて二十分ほどしたとき、タモンが振り返った。通学する児童の声が聞こえた。

「子供が好きなのか?」

ミゲルは訊いた。タモンはまた前を見た。

「南に行けば、おまえが捜している子供に会えるのか?」

タモンはなんの反応も見せない。ミゲルは肩をすくめた。歩きながらスマホを取りだし、電話をかける。

「リッキーとホセがどうなったかわかるか?」

電話が通じると、挨拶も抜きで切り出した。

「ふたりとも死んだ。高橋の組織だけじゃなく、警察もおまえを捜している」

「そうか。運転手役の日本人がいたんだが、そいつは生きているのか？」

警察が捜しているということは、だれかがミゲルのことを話したのだ。リッキーとホセが死んだのなら、あの日本人しか考えられない。

「見つかったときはまだ生きていたが、病院で死んだそうだ」

「そうか」

「多分、その日本人が警察におまえのことを話したんだろう」

「わかった。また連絡する」

ミゲルは電話を切った。斜に被《かぶ》っていた野球帽を目深に被りなおした。警察が捜しているのなら、不用心に素顔をさらさない方がいい。

「やっぱり、あの男は死んだそうだ」

タモンが顔を上げた。ミゲルと目が合った。吸い込まれそうなほどに黒い瞳に、ミゲルの顔が映り込んでいる。

「知ってたんだな」

ミゲルは呟いた。犬には人間にはない特殊な感覚がある。その感覚を駆使していろんなことを知るのだ。

「これからは、おれがおまえの家族だ」

ミゲルが言うと、タモンはまた前を向いて歩き出した。

泥棒なんかと家族になれるか——そう言われた気がして、ミゲルは頭を掻《か》いた。

＊＊＊

対向車線をパトカーが走ってくる。ステアリングを握る手に力が入った。

ミゲルを捜しているのは宮城県警で、福島県警は無関係だ。

そう自分に言い聞かせても不安が消えることはない。職務質問でもされ、後部座席のスーツケースを検《あらた》められたら、それでおしまいなのだ。

パトカーがサイドミラーから消えると、ミゲルは溜めていた息を吐き出した。

ルームミラーに目を転じる。タモンは左——南の方に顔を向けていた。

タモンのように賢い犬がこれほど執着するというのはただ事ではない。

南の方角にいるのがだれであれ、そいつはタモンにとってかけがえのない存在なのだ。

「おれが忘れさせてやるさ」

ミゲルはブレーキを踏んだ。前方の信号が黄色から赤に変わった。

交差点をメルセデスのゲレンデヴァーゲンが左折していった。加速しはじめたゲレンデヴァーゲンは、しかし、途中で急ブレーキを踏み、何度か切り返した末にUターンをした。

ミゲルはサイドミラーを見つめながら目を細めた。

信号が青に変わった。アクセルを踏んで交差点を直進した。軽自動車を三台挟んで、ゲレンデヴァーゲンも同じ方向に走ってくる。

「くそ」

ミゲルは呟いた。この車の情報が高橋の組織に漏れたのだ。漏らしたのはこの車を買った相手だろう。盗難車をロシアや中東に売りさばいている男だった。

車を加速させ、前の車を強引に追い抜いた。ゲレンデヴァーゲンも同じように前の車を追い抜いてくる。

間違いない。高橋の組織と繋がっているヤクザたちが、この車を探しているのだ。

「タモン、少し揺れるぞ。しっかり踏ん張れよ」

ミゲルは車の速度を上げた。次の交差点の信号が黄色から赤に変わった。速度を落とさず、交差点を突っ切った。

背後でクラクションが鳴った。ゲレンデヴァーゲンは交差点で停止していた。

＊＊＊

ミゲルは犬に「ショーグン」という名前をつけた。どこかで耳にした日本語の響きが気に入っていたのだ。

ショーグンは朝になるとどこからともなく現れ、ミゲルと共にゴミ掘りに精を出し、日が暮れるとどこへともなく消えていく。

できることならショーグンと寝起きを共にしたかった。だが、父母がそれをゆるしてくれるとは思えない。父などは、下手をするとショーグンを食べようと言いだす恐れさえあった。それほど生活が苦しかったのだ。

ショーグンも、ミゲルの家族たちの暮らしぶりを知っているのか、ミゲルが家路につくと、未練がましい様子も見せずに去っていく。

「おまえさ、鼻が利《き》くんだろう？　その鼻を使って、すごい金になるもの見つけてくれよ。そうしたら、パパもママも、おまえと一緒に暮らすことをゆるしてくれると思うんだ」

ゴミの山を掘り返しながら、ミゲルはことあるごとにショーグンに語りかけた。

ミゲルにとって、ショーグンはなくてはならない存在だった。孤独を癒し、退屈な日々に潤《うるお》いを与えてくれる。ショーグンは家族同然だった。ショーグンのいない世界など、想像もできなかった。

「おまえの家はどこにあるんだろうな」

昼になると、ミゲルは作業をやめ、太陽の光を遮れる場所に移動して、ショーグンと戯れた。空腹は耐えがたかったが、ショーグンと遊んでいると、少しは気を紛らわすことができた。

その日も、ミゲルはショーグンとじゃれ合っていた。だが、しばらくすると、ショーグンはミゲルとの遊びに興味を失い、付近の匂いを激しく嗅ぎはじめた。

「どうした、ショーグン？　食べ物の匂いでもするのか？」

ミゲルはショーグンの動きに目を瞠《みは》った。以前、ショーグンがビスケットの入った小さな缶を見つけたことがあったのだ。ビスケットはしけっていたが、ちゃんと食べられた。舌に残る甘みが忘れられない。

食べ物への期待に、胃が鳴った。口の中に唾液が溢《あふ》れた。

ショーグンが動くのをやめ、前脚で特定の場所を掘りはじめた。

「そこに食べ物があるのか？」

ミゲルはショーグンの元に駆けより、一緒に掘りはじめた。

しばらくすると、指先に紙が触れた。油紙だ。中にずしりと重いなにかがくるまれていた。

「なんだよ。食べ物じゃないじゃないか」

ミゲルは唇を尖《とが》らせ、油紙にくるまれているものを両手で掴んだ。油紙を剝《は》がす。

「これ――」

息を飲んだ。拳銃だ。間違いない。

「ショーグン、これ、金になるぞ」

ミゲルは言った。銃を両手で握り、空中に狙いをつける。

「これを売れば金になるんだ。パパがどこかで売ってきてくれる。そうしたら、パパもママも、おまえと一緒に暮らすことをゆるしてくれるよ」

ショーグンが尻尾を振った。

「行こう。パパのところに行くんだ。これを見せてやろう。おまえが見つけたんだって教えてやろう」

拳銃を油紙でくるみなおし、ミゲルは駆けだした。ショーグンが後を追ってくる。

笑いがこみ上げてくる。ミゲルは声を張り上げ、笑った。

＊＊＊

磐越《ばんえつ》自動車道を会津若松で降りた。

郡山で遭遇したゲレンデヴァーゲンから、ミゲルの乗る車が一般道を走っていたことが知られたはずだ。新潟までは高速と一般道を交互に走る方が無難だった。

できれば車を替えたいところだが、盗むにしても夜になるのを待たなければならない。

幹線道路を避けながら西へ向かい、阿賀《あが》川の手前にある道の駅に立ち寄った。駐車場の外れに車を停め、タモンを降ろした。五分ほど施設内を歩き、不審な者がいないことを確認する。

「夜になったら、好きなだけ歩かせてやるからな」

タモンを再び車に乗せ、ドッグフードと水を与えた。

食堂でソースカツ丼を食べ、自販機で買った缶コーヒーで喉を潤すと、自分も車に戻った。後部座席に乗り込み、シートに体を横たえる。

「おまえもこっちに来るか？」

荷室のタモンに声をかけた。タモンがミゲルを見た。

「カモン」

ミゲルが言うと、タモンは背もたれを器用に乗り越えて移動してきた。ミゲルと背もたれの間の狭いスペースに体を丸めて潜《もぐ》りこむ。

ミゲルはその背中に手を当てた。毛の柔らかい感触とタモンの体温が心地よい。

タモンはすぐに寝息を立てはじめた。車で移動中は常に起きて、南側の気配を探っている。体は動かさなくても疲れているはずだった。

「少しはおれに気をゆるしてくれているのか？」

タモンに語りかけたが、反応はなかった。ミゲルは苦笑した。

「だが、おれはおまえの家族じゃない。群れの一員でもない。あの日本人もそうだったんだろう？　おれたちはただの旅の道連れだ。おまえの本当の群れは南にいる」

ミゲルは目を閉じた。

「だが、おまえは南には行かない。おれと一緒に新潟へ行くんだ。新潟から船に乗る。おまえはおれの家族になるんだ」

タモンが体を震わせた。後肢が痙攣《けいれん》するように動く。ミゲルは目を開けた。

夢を見ているのだ。犬も夢を見る。

「なんの夢を見ている？　群れと再会する夢か？　だが、夢は夢だ。おまえはおれのものだ」

ミゲルはタモンの背中を優しく撫でた。

「すまんな、タモン」

ミゲルは再び目を閉じ、睡魔に身を委ねた。

＊　＊　＊

野太いエンジン音に目が覚めた。日はすでに暮れ、まん丸い月が空に昇っていた。

ミゲルは体を起こし、窓の外に目を凝《こ》らした。駐車場にはまだたくさんの車が停まっていた。野太いエンジン音を放っているのは黒いセダンだった。売店や食堂に近いスペースに、バックで駐車しようとしている。

タモンが身じろいだ。ミゲルの緊張を察知している。

「だいじょうぶだ」

ミゲルはタモンに声をかけた。

エンジン音が途絶え、ヘッドライトが消えた。セダンから男が三人、降りてきた。明らかに堅《かた》気《ぎ》ではない体臭を放っている。

「ご苦労なことだ」

ミゲルは男たちの動きを注視しながら、金の入ったスーツケースに手を伸ばした。もう少し時間的余裕はあると考えていたのは間違いだったのだ。

高橋はこの金を喉から手が出るほど欲しがっている。

「ヤクザも台所は火の車か……」

男たちが二手に分かれた。ふたりが建物の中に入っていき、もうひとりが停まっている車を確認している。

ミゲルが乗っているのがフォルクスワーゲンの四駆だという情報は耳に入っているのだろう。セダンや軽自動車には目もくれなかった。

「静かにしていろ」

タモンに声をかけて、ミゲルは足もとに手を伸ばした。シートの下に押し込んであった工具箱を開けた。レンチを手に取って車を降りた。

斜向《はすむ》かいに停まっている軽トラックの陰に回り込んだ。

男が口笛を吹きながらこちらに向かってくる。ミゲルの車に気づくのは時間の問題だった。

「あれじゃねえか？」

軽トラックの前で男が足を止めた。ミゲルの車を見つめている。

ミゲルは音もなく男の背後に忍び寄り、後頭部にレンチを叩きつけた。男が短い声を発してその場に崩れ落ちた。

レンチを捨て、男を抱えた。フォルクスワーゲンの助手席に、男を座らせる。

「もう少し待ってろ」

気絶したままの男に唸《うな》るタモンに言って、ミゲルはドアを閉めた。暗がりから暗がりへと移動しながら男たちのセダンへ近づいていく。

残りのふたりが建物から出てくる気配はまだなかった。

ミゲルはジーンズのポケットに押し込んでいた折り畳みナイフの刃を開いた。セダンの左右の後部タイヤを切り裂いた。

フォルクスワーゲンに駆け戻り、スーツケースとタモンを降ろす。

タモンは身構え、辺りの様子をうかがった。

「いいぞ、タモン。オオカミみたいな面構《つらがま》えだ」

ミゲルは微笑んだ。

左手でタモンのリードを握り、右手でスーツケースを引きながら、道の駅を後にした。

4

国道に出ると、それまでの静けさが嘘のようだった。行き交うトラックが立てる振動とエンジン音が夜の空気を揺さぶっている。

道の駅を出て阿賀川を渡ると、ミゲルは交通量の少ない道を選んで西へ進んだ。

どこかで車を調達しようと考えていたのだが、周辺は農地ばかりで、盗める車は見当たらなかった。

二時間近く車を求めてさまよった挙げ句、やっと諦《あきら》めがついて国道沿いに戻ってきたのだ。

スーツケースを引く右腕が重かった。休息が必要だが、できるだけこの街から遠ざかりたかった。

「おまえはだいじょうぶだな?」

タモンの足取りはしっかりしていた。くたびれてきたミゲルの代わりに周囲に神経を張り巡らせている。

よそ者から群れを守るためにしなければならないことを心得ているのだ。

西へ向かうトラックが来ると、ミゲルは足を止め、親指を突き立てた右腕をあげた。停まってくれるトラックはいなかったが、トラックが来るたびに右腕をあげた。

やがて、一台のトラックが路肩《ろかた》に停まった。

「どこまで行きますか？」

トラックの運転手は日本人ではなかった。浅黒い肌のひげ面は、中東から来たことを思わせた。

「新潟まで」

ミゲルは答えた。

「わたし、魚沼《うおぬま》まで行きます。それでよかったら、乗りますか？」

運転手は優しい眼差《まなざ》しをタモンに向けていた。ミゲルではなく、タモンが気にかかってトラックを停めたのだ。

「魚沼でかまわない」

ミゲルはうなずき、運転手の手を借りてスーツケースとタモンをトラックの助手席に乗せた。

最後に、自分もトラックに乗り込んだ。

「ハーミです。あなたは？」

「ミゲルだ」

ミゲルは差し出されたハーミの手を握った。

「英語はできますか？」

ハーミは綺麗な発音の英語で訊いてきた。

「だいじょうぶだ」

ミゲルも英語で答えた。

「犬の名前は？」

「タモン」

「タモン……どういう意味かな？」

「守り神だ」

「奇遇だな。わたしのハーミという名も、ペルシャ語で守護者という意味なんだ」

「イラン人がどうして日本でトラックの運転手をしてるんだ？」

ミゲルは訊いた。

「仕事だからだよ。トラック業界は人手不足でね。ガイジンだからって偏見なしに雇ってもらえることが多いんだ。真面目に働きさえすればね。あんたはなんの仕事をしてるんだ？」

「疲れてるんだ。少し眠ってもいいか？」

ミゲルは話をはぐらかした。

「ああ、すまない。寝てくれ。魚沼に着いたら起こすよ。タモンに触れてもだいじょうぶかな？」

「だいじょうぶだ」

ハーミが左腕を伸ばしてタモンの頭を撫でた。タモンは警戒を解いてはいなかったが、ハーミの好きなようにさせた。無闇に唸ったりしないのは、強い犬に特有の性質だ。

「家にも犬がいるんだ。シバがね。娘にせがまれて飼うことにしたんだが、犬は素晴らしい」

「そうだな」

ミゲルは無愛想に言って、目を閉じた。

＊＊＊

男たちがやって来たのは、ミゲルとショーグンが拳銃を見つけてから、ちょうど一週間後のことだった。

拳銃は父がどこかで売って金にした。その金で肉や卵を買い、しばらくは豪勢な食事にありつくことができた。

ショーグンは金目のものを見つけた褒美に、ミゲルと一緒に寝起きすることをゆるされ、人間が肉を食べた後の骨や筋《すじ》にありつくことができた。

幸せな一週間だった。

だが、それも男たちが現れたことで終わりを迎えた。

男たちは殺気立っていた。

「静かにしろよ、ショーグン」

ミゲルはショーグンと物陰に身を潜め、家の様子をうかがった。男たちは父と母に詰め寄っていた。

「あの拳銃はどこでどうやって見つけたんだ」

男の声がはっきりと聞こえた。

「し、知らない。息子の飼っている犬が見つけたんだ」

父の声はくぐもっていた。父の横で母が泣きじゃくっている。姉の姿は見当たらなかった。

「犬が見つけただと？　そんなたわごとでおれたちをごまかせるとでも思っているのか」

「嘘じゃない。本当なんだ」

「じゃあ、そのガキと犬はどこにいる？」

父の返事は聞こえなかった。母の泣く声がどんどん高くなっていく。

ミゲルは唇を噛《か》んだ。あれは見つけてはいけない拳銃だったのだ。

突然、銃声が轟《とどろ》いた。母の悲鳴がそれに続いた。再び銃声が響いて母の悲鳴も途切れた。

思わず声をあげそうになり、ミゲルは自分の手を噛んだ。ショーグンが低い唸り声をあげはじめた。

「静かにしろってば」

ミゲルはショーグンを制した。物陰からそっと顔を出す。父と母が折り重なるようにして倒れているのが見えた。

撃ち殺されたのだ。

ぼくのせいだ。ぼくとショーグンのせいだ。あんな銃、見つけなければよかったのだ――悲しみと恐怖と怒りの感情が一気に押し寄せてきて、ミゲルは喘《あえ》いだ。

「ガキと犬を探せ。近くにいるはずだ」

男たちが散らばった。ひとりがこちらに向かってくる。

「ショーグン、どうしよう。見つかっちゃうよ。ぼくたちも殺されちゃうんだ」

ミゲルはショーグンに救いを求めた。ショーグンはミゲルに背中を向けると、ついてこいというように振り返った。耳や尻尾がぴんと持ち上がったその姿は自信に満ち溢れている。

「ついていけばいいんだね」

ミゲルがうなずくと、ショーグンが駆けはじめた。ミゲルが遅れないよう、何度も振り返っては速度を落としてくれる。

ミゲルは無我夢中でショーグンの後を追った。ゴミの山のことは隅から隅まで知り尽くしているつもりでいたが、それは間違いだった。ショーグンはミゲルの知らないルートを辿《たど》っていた。ゴミとゴミの間を縫うように続く、道とは呼べない道だ。左右にゴミがうずたかく積まれていて、男たちからはミゲルの姿が見えないはずだ。

「ショーグン、待って。もう走れないよ」

どれぐらい走り続けただろう。息が上がり、足がもつれた。ミゲルは走るのをやめて、その場にしゃがみ込んだ。

ショーグンが戻ってきて、ミゲルの前に立った。ピンと立てた尻尾を悠然と振り、黙ってミゲルを見つめている。

「わかったよ」

ミゲルは腰を上げた。再び走り出したショーグンの後を追う。肺が火がついたように熱かった。汗が目に入り、ちくちく痛んだ。もう、自分がどこにいるのかもわからなかった。

突然、視界が開けた。ゴミの山を抜けて、街へ出たのだ。

ショーグンが速度を上げた。ミゲルはついていけなかった。

「待ってよ、ショーグン。速すぎるよ」

ショーグンの姿が見えなくなると、途端に不安が押し寄せてきた。父と母は殺されてしまった。姉の行方もわからない。

ミゲルはひとりぼっちだった。

「ショーグン！」

ミゲルは足を止め、泣きはじめた。

通り過ぎる人たちが奇異の視線を向けてくるが、声をかけてくる者はいなかった。だれもが自分のことで精一杯なのだ。ここはそういう街だった。

「ミゲル！」

姉の声が聞こえた。そちらに目を向ける。ショーグンがこちらにむかって走ってくる。その後を追うように、姉のアンジェラも駆けていた。

「アンジェラ」

ミゲルは姉の名を呼んだ。ふたつ年上の姉が神様のように思えた。ショーグンは神様に仕える天使だ。

「どうしたの、ミゲル？　急にショーグンがやって来て、わたしのスカートの裾《すそ》を嚙むの。なにかあったのかと思って後を追いかけてきたんだけど」

ミゲルはアンジェラに抱きついた。

「パパとママが死んじゃった」

泣きながら訴えた。

「なんですって……」

アンジェラが動きを止めた。ショーグンがミゲルとアンジェラを見上げていた。

5

トラックが減速するのを感じて、ミゲルは眠りから目覚めた。ハーミがトラックをコンビニの駐車場に入れようとしていた。

「すまない。トイレが限界だ」

トラック用の駐車スペースに停めると、ハーミはコンビニの店内に駆け込んでいった。

まだ空は暗い。駐車場には数台の車が停まっていた。

足もとで丸まっていたタモンが顔を上げた。

「おまえもトイレに行くか?」

ミゲルは訊いた。道の駅で食事と水を与えたきりだ。腹も空いているし、喉も渇いているだろう。

ハーミが戻ってきた。

「すまないが、こいつに小便をさせてくる。その間に、こいつのためのドッグフードと水を買っておいてくれないか。紙の器もだ」

ハーミに一万円札を渡した。

「お安いご用だ」

ミゲルはタモンを降ろし、コンビニの周りを歩いた。タモンは二本の電信柱に小便を引っかけると、それで満足したようだった。

駐車場に戻ると、ハーミが運転席でお握りを頬張っていた。

「頼まれたものはこっちだ」

ハーミが窓越しにレジ袋を渡してくれた。袋の中に釣り銭とレシートが入っていた。

「これは受け取ってくれ」

ミゲルは言った。

「金が欲しくてあんたたちを乗せたわけじゃない」

ハーミは金を受け取らなかった。

ミゲルはタモンにフードを与え、水を飲ませた。自分も水を飲み、煙草を吸った。

タモンが食事を終えると、紙の器をゴミ箱に捨て、トラックの助手席に戻った。

「出発してもだいじょうぶかな?」

ハーミの言葉にうなずくと、トラックが動き出した。

「よかったら、食えよ。あんたの分も買っておいた」

ハーミはダッシュボードの上のレジ袋を指差した。中にはお握りとペットボトルの紅茶が入っていた。

「ありがとう」

ミゲルは礼を言ったが、手はつけなかった。

「つかぬことを訊くけど――」

走り出してしばらくすると、ハーミが口を開いた。

「なんだ?」

「その犬も盗んできたのか?」

ミゲルはハーミの横顔に目を向けた。

「どういう意味だ」

「あんたはなんの仕事をしているのか答えなかった。犯罪者だからだ。そういう連中のことはよく知ってるんだ。そのスーツケースの中には盗んだものか、金が入っているんだろう。だから気前よくわたしに一万円を渡した。だから、その犬も盗んだのかと訊いたのさ。あんたに特別慣れているわけでもなさそうだし、そもそも、あんたは犬に食わせる物も持っていなかった」

ミゲルはポケットに手を入れ、ナイフの柄を握った。

「勘違いするなよ」ハーミが言った。「あんたが何者だろうとわたしの知ったことじゃない。魚沼であんたを降ろしたら、それで終わりだ。警察に通報したりもしない。わたしがあんたを乗せてやろうと思ったのは、その犬がいるからだ」

「盗んだわけじゃない」ミゲルは答えた。「飼い主が死んだんだ。だから、おれが代わりに面倒をみている」

「飼い主はあんたが殺したのか？」

ミゲルは答える代わりに首を振った。

「ならいい」

ハーミがうなずいた。ミゲルはナイフから手を離した。

「新潟から船に乗るつもりなんだろう？　犬も一緒に連れていくのか？」

「やり方はある」

ミゲルは答えた。ハーミが検疫絡みの問題を訊いていると思ったからだ。

「その犬はいつも左側に顔を向けている。あんたが寝ていた間もずっとだ。最初は外の様子が気になるのかと思ったが、どうも違う。南の方角を見てるんだ。信号で停まると、必ず鼻を蠢《うごめ》かせて匂いを嗅いでいる」

「そうだ。こいつはいつも南の方を気にしている」

「南の方のどこかに家族がいるんだ」

ハーミの口調は断定的だった。

「子供の頃、犬がいた。羊を飼って暮らしてたんだ。犬が羊を追い立ててくれないと仕事にならない」

ミゲルは腕を伸ばし、足もとのタモンを撫でた。タモンは相変わらず南に顔を向けている。

「ある日、わたしは街に行ってみたくなって、家族にはなにも告げずに家を出た。だが、子供の足だ。街に辿り着く前に夜になって、わたしは道端で丸くなって泣いた。辺りには人はいないし、獣の鳴き声が聞こえる。怖くてしかたがなかった。夜通し泣いていたら、明け方近く、父が犬と一緒にやって来た。わたしの姿が見えなくなってから、犬はずっと街の方を向いて吠えていたそうだ。それで父は、わたしが街に向かったんだと悟って捜しに来た。犬にはそういう力があるんだ」

「知っている」

ミゲルは言った。あのとき、ショーグンはミゲルを迷うことなくアンジェラの元へ連れていってくれた。匂いを辿ったわけではなく、どこにアンジェラがいるか、わかっていたのだ。

「きっと、南にいるのはこの犬にとって大切なだれかだろうな」

「なにが言いたい？」

ハーミが肩をすくめた。

「あんたは犯罪者かもしれないが、魂まで腐っているようには見えない。そういうことだよ」

「こいつはおれの守り神なんだ」

ミゲルは言った。

「あんた以外のだれかにとっても守り神かもしれない」

「どうして余計なことに首を突っ込む？」

「その犬が可哀想だからさ」

「あんたはそうじゃない」

「可哀想？」

「犬に必要なのは旅の道連れじゃなく、家族だ。群れの仲間だ。あんたはそうじゃない」

「おれにも家族が必要だ」

ミゲルは言った。ハーミは寂しそうな笑みを浮かべ、それっきり口を閉ざした。

市街地を過ぎ、国道の左右は濃い闇の底に沈んでいた。トラックのヘッドライトが闇を切り裂いている。前方にも後方にも、他の車は見当たらない。

黄泉《よみ》の国へと続く道を、たった一台のトラックが突き進んでいる——そんなイメージが頭に湧いた。

トラックに乗っているのは見ず知らずのイラン人と、出会ったばかりの犬だ。

いつもそうだった。父と母が死んでから、アンジェラとミゲルの仕事はゴミ掘りから盗みに変わった。そうしなければ生きていけなかったからだ。やがて、アンジェラは体を売るようになり、ミゲルは一人前の泥棒として名を知られるようになった。

「煙草を吸ってかまわないか？」

ミゲルは訊いた。

「わたしはかまわないけど、その犬のことを本当に大切に思うなら、吸わない方がいいと思うな」

ハーミが言った。ミゲルは煙草のパッケージを摑もうとしていた手を止めた。

「ガムならある」

「ガムをもらおう」

「やっぱり、あんたの魂はまだ腐っちゃいない」

ハーミが嬉しそうに笑った。

＊＊＊

アンジェラとミゲルの新しいねぐらは、市場の外れに放置された故障車に変わった。

ゴミの山に戻る気にはなれなかったし、戻ったとしてもふたりで生きていくことはできなかっただろう。見つけたものを売って金に換えてくるのは父の役目だった。金目の物を探し当てたとしても、それを金に換える算段がミゲルたちにはなかった。

午前中の市場は人でごった返していた。アンジェラは通行人の隙を見つけては財布を奪った。ミゲルは果物や肉を盗んだ。盗んできたものは、故障車の陰で焚き火を起こし、焼いて食べた。塩も胡椒《こしょう》もなく、ただ焼いただけの魚や肉は旨《うま》くもなんともなかった。生きるために食べたのだ。

ショーグンがそうするように。

ショーグンは一流のハンターだった。ミゲルは足もとにも及ばない素早さと頻度で、どこからともなく食べ物を調達してくる。

盗みに慣れるまでの間、ショーグンがいなかったら、ミゲルとアンジェラは飢え死にしていただろう。

いつしか、アンジェラはショーグンのことを「わたしたちの守り神様」と呼ぶようになった。

新しいねぐらとなる故障車を見つけたのもショーグンだし、ミゲルとアンジェラが眠っている間、ショーグンが番をしてくれた。見回りの警官が来ると、ショーグンが素速く教えてくれるのだ。アンジェラとミゲルは故障車から抜け出して物陰に身を隠し、警官たちの姿が見えなくなるのを待った。

ショーグンは自分の持てる力のすべてを振り絞って、ミゲルとアンジェラを守ってくれていたのだ。

初めのうち、ミゲルはショーグンを恨んだ。

ショーグンが拳銃を見つけたりしなければ、両親が殺されることもなかったのだ。

だが、ミゲルたちのために懸命に動き回るショーグンを憎むことはできなかった。

ショーグンは見返りを求めなかった。ただ、ミゲルとアンジェラのために尽くしてくれた。

ショーグンの体に詰まっているのは、純粋な愛だった。

両親の死は悲しく辛《つら》い現実だったが、ショーグンやアンジェラと力を合わせて生き抜く日々は充足していた。

ただ意味もなくゴミの山を掘り返すのとは違う。どうすれば人の注意を引くことなくものを盗めるか。どうすれば子供と犬だけで故障車の中で寝起きしていることを気づかれずにすむか。

頭を使わなければならず、そして、頭を使ってなにかを発見することは喜びだった。

いつもひもじかったし、寝不足だった。

それでも、ミゲルは生きていた。アンジェラに愛され、アンジェラを愛し、ショーグンと共に力を合わせて日々戦っていた。

ショーグンの様子がおかしくなったのは、そんな日々が一年以上続いた後だった。

異変に気づいたのはミゲルだ。

ショーグンがどこかから調達してきた鶏肉を焼き、肉はミゲルとアンジェラが食べ、骨はショーグンに与える。

だが、その日、ショーグンは骨に見向きもしなかった。覇気《はき》のない顔で地面に伏せ、荒い呼吸を繰り返していた。

「アンジェラ、ショーグンが変だよ。骨を食べないんだ」

ミゲルはアンジェラに言った。アンジェラはショーグンの背中をさすった。

「ほんとだ。具合が悪いみたい」

「どうしよう。獣医に診《み》せなきゃ」

「お金がないわ」

アンジェラは悲しそうに呟いた。アンジェラにはわかっていたのだ。ショーグンが逝ってしまうことが。だが、ミゲルはそれを認められなかった。

「ぼくがお金を稼いでくる」

「馬鹿を言わないで。どれぐらいかかると思ってるのよ」

「それでもなんとかしなきゃ。ショーグン、待ってろよ」

ミゲルは市場に向かって駆けだした。この一年で盗みは上達していた。掏摸《すり》の腕なら、今はアンジェラよりミゲルの方が上だ。金をたんまり持っていそうなやつの財布をちょうだいするのだ。その金で、ショーグンのところに連れていく。

ショーグンのいない暮らしなど考えられなかった。ショーグンがいてくれたからこそ、ミゲルもアンジェラもこの暮らしに耐えてこられたのだ。

見つけた。でっぷりと太った中年の男だ。タンクトップの上にシャツを羽織り、ジーンズの尻ポケットから財布が覗《のぞ》いている。首や手首には金のアクセサリーが巻きついている。財布の中にも金がたっぷり詰まっているに違いない。

ミゲルはそれとなく男に近づき、隙をうかがった。男が足を止め、知り合いらしき人間と立ち話をはじめた。

ミゲルは男の尻ポケットから財布を抜き取った。そのまま駆けだそうとしたが、男に肩を摑まれた。

「人の財布になにしてるんだ、小僧?」

言い訳を口にする前に殴られた。男は容赦がなかった。殴られ、蹴られ、突き飛ばされた。財布を手放してもゆるしてはもらえなかった。

気がつくと、ミゲルは市場の隅っこに転がっていた。血まみれの少年が倒れていても、だれも助けてはくれない。

立ち上がると、全身に痛みが走った。頭が割れそうだった。ふらつきながら、アンジェラとショーグンの待つ故障車に足を向けた。

「ごめんよ、ショーグン。ごめんよ、アンジェラ……」

なんとか故障車まで辿り着いた。アンジェラが泣いていた。

「アンジェラ……」

重くて冷たい塊が胃の辺りに生じた。ミゲルは痛みを忘れてアンジェラのもとに駆けよった。

ショーグンが目を閉じていた。ショーグンは動かなかった。

「ショーグン」

ミゲルはショーグンの体を揺すった。

ショーグンは死んでいた。

6

「次の日から、アンジェラは体を売って稼ぐようになった。ショーグンがいないと、おれたちはその日に食べる物をかき集めることも難しかったから」

ミゲルは言った。

「だが、アンジェラはまだ十歳かそこらだったんだろう?」

ハーミの声は震えていた。

「子供が好きな変態はどこにでもいる。本当は体を売るのはおれでもよかったんだ。男の子が好きな変態も負けず劣らずいるからな。だが、アンジェラはおれにそんなことはさせなかった」

東の空が白みはじめている。タモンは相変わらず南に顔を向けていた。

「それで、あんたは本当の泥棒になったわけだ」

「おれみたいなガキをかき集めて盗みを働かせる元締めみたいな男がいたんだ。そいつの世話になった」

ハーミが溜息を漏らした。

「ショーグンは文字通り、あんたたち姉弟の守り神だったんだな」

「ああ。ショーグンがいなけりゃ、おれたちはとっくに死んでいたさ」

ミゲルはガムを口に放り込んだ。煙草が吸いたくなるとガムを嚙む。この調子でいけば煙草もやめられそうだ。

「ショーグンの後に犬を飼わなかったのか」

ハーミが言った。すっかりミゲルの身の上話に夢中になっている。

「飼いたかったが、飼えなかった。街から街へ、国から国へ、盗んでは移動する日々だった。もう、アンジェラにも何年も会っていない」

ガムを嚙みながら、ミゲルは首を捻《ひね》った。どうしてハーミ相手に身の上話をすることになってしまったのだろう。よく覚えていない。気づけば、語りはじめていたのだ。

少なくとも、ハーミはいい聞き役だった。

「足を洗おうとしてるんだな」

ハーミが言った。

「どうしてそう思う？」

「その犬さ。足を洗えば、ひとつところに腰を落ち着けられる。そこで一緒に暮らすつもりなんだろう？」

「おれたちはこの数ヶ月、フクシマやミヤギで盗みを働いてきた。死体からものを盗むのと同じだ。もう、うんざりだ」

「アラーはあんたを祝福するだろう」

「おれはキリスト教徒だぞ」

「関係ないさ。あんたは犯罪から手を引く。なんだか、わたしも嬉しい」

「おれたちは知り合ったばかりだぞ」

「それも関係ないさ。わたしたちはもう兄弟だ」

ミゲルは嚙んでいたガムを吐き出して包み紙でくるんだ。ホセとリッキーも兄弟同然の仲だったが、ふたりとも死んでしまった。ホセたちの前にも、お互いを兄弟と呼び合った男たちがいたが、彼らももう、この世にはいない。

みんな死んでしまうのに、ミゲルだけが生きている。

口さがない連中は陰でミゲルのことを「疫病神」とか「死神」と呼んでいる。

ミゲルと組むと死ぬことになるからやめておいた方がいい——先輩にそう忠告され、ミゲルの誘いを断った若い連中は腐るほどいた。

ショーグンが死んだのも自分のせいなのかもしれない。おれは疫病神だ。だから、守り神が欲しかった。

気がつくと、タモンがミゲルを見上げていた。ミゲルの感情の機微《きび》を感じ取っているのだ。

「おまえはいいやつだ」

ミゲルはタモンの頭を撫でた。

「もう、日本へは戻らないつもりか?」

ハーミが訊いてきた。

「ああ。故郷へ帰って、アンジェラと暮らす。アンジェラには娘がいるんだ」

「なんという名だ?」

「マリア」

「マリアに幸いあれ」

ハーミは歌うように言った。

「せっかく兄弟になったのに、もうすぐお別れというのは寂しいな」

「それが人生だ」ミゲルは答えた。「遠く離ればなれになっても、絆は消えない」

「そうだな。わたしたちは永遠の兄弟だ」

ハーミが左手を伸ばしてきた。ミゲルは一瞬躊躇《ためら》ってから、その手を握った。ハーミは泥棒でも犯罪者でもない。ミゲルと義兄弟の契《ちぎ》りを交わしたからといって死ぬことはないだろう。

「書類だの面倒くさいことを抜きにして中古車を売ってくれる業者を知らないか?」

ミゲルは訊いた。

＊＊＊

トラックから降りると、ミゲルは右手でスーツケースの持ち手を、左手でタモンのリードを握った。

「夜まで待ってくれれば、新潟まで送っていくぞ。無駄な金を使うことはない」

ハーミは地面に膝をつき、タモンをハグした。

「それには及ばない」

中古車の業者とは十時に会うことになっている。どこかで朝飯を食い、タモンとぶらぶら歩いていれば時間は簡単につぶせるだろう。

ハーミが腰を上げた。

「じゃあ、達者でな」

「もし、おれの故郷に来るようなことがあったら、必ず連絡してくれ」

ミゲルはハーミと抱き合った。トラックを降りる前に連絡先は交換してあった。

「ホダハフェズ」

ハーミが言った。

「なんだ、それは？」

「ペルシャ語でさようならと言ったんだ」

ミゲルはうなずき、ハーミがトラックに乗るのを見守った。

「アディオス、アミーゴ」

窓から顔を出して手を振るハーミに言った。ハーミが笑った。

「元気で、兄弟」

ハーミは日本語で言った。トラックが動き出した。ミゲルたちが降ろしてもらったのは魚沼市の郊外のコンビニだった。

「さあ、まず腹ごしらえをしよう、タモン」

ミゲルはタモンに水と食事を与えた。自分はハーミからもらったお握りを頬張った。

あっという間に食事を終えると、南の方に顔を向け、鼻を蠢かせて匂いを嗅いだ。

「そんなに仲間のことが気になるのか？」

ミゲルはタモンに声をかけた。

「おれはおまえの兄弟にはなれないんだな？」

タモンはミゲルを見ようともしなかった。南を向き、目を細め、しきりに匂いを嗅いでいる。

「よかった。なら、おまえが死ぬことはない」

タモンの首輪からリードを外した。

「行け」

タモンの尻を叩いた。

「おまえが守るべきやつのところへ行け」

タモンが顔を上げた。

「いいんだ。行け。おまえはもう、自由だ」

タモンが歩き出した。十メートルほど離れたところで脚を止め、振り返る。

「おれの気が変わらないうちに行け」

ミゲルは手で追い払う仕種《しぐさ》をした。タモンが駆けだした。全力で走っている。後ろ姿が見る間に遠ざかっていく。

「アディオス、アミーゴ」

ミゲルは呟いて、手にしていたリードを放り投げた。

7

ハーミはリモコンでテレビのボリュームを上げた。夕食後の団らんの時間だった。ハーミは妻とコーヒーを啜《すす》っていた。娘の映美《えみ》は柴犬のケンタと戯れている。

『今日の夕方、新潟港北埠頭《ふとう》で、身元不明の外国人が死んでいるのが発見されました。死体には複数の切り傷があったということです。新潟県警は、死んだ男は福島県や宮城県で犯行を繰り返していた窃盗団の一員と見て捜査を進めています』

死体が映し出されることも、名前が読み上げられることもなかった。

だが、ハーミにはそれがミゲルだということがわかった。

ミゲルは死んだのだ。

「どうしたの？」

妻が訊いてきた。ハーミは首を振り、テレビを消した。

「なんでもないよ。今日は疲れた。シャワーを浴びたら、寝る」

「そうね。明日も早いし。いつもご苦労様」

妻の頰にキスをし、ハーミはバスルームに足を向けた。映美とじゃれ合うケンタが、タモンという名の犬とだぶって見えた。

ミゲルは死んだ。タモンはどうしただろう。

「ミゲルはタモンを南に向かわせてやったはずだ」

ハーミはペルシャ語で呟いた。そして、スペイン語で言った。

「アディオス、アミーゴ」

夫婦と犬

1

「なんだ？」

中山大貴《なかやまたいき》は慌てて足を止めた。数メートル先の藪《やぶ》の中からなにかが飛びだしてきたのだ。

猪《いのしし》か、あるいは子熊か。後者なら、近くに母熊がいる。危険だ。

荒れた登山道を走っていても乱れることのなかった心拍が上がっていく。

そいつは左右に視線を走らせ、大貴を認めた。体を反転させ、大貴と対峙する。

「犬かよ……」

大貴は体の緊張を解いた。そいつは間違いなく犬だった。シェパードに似た身体つきと毛並みだったが、ひとまわりほど小さいような気がする。雑種だろうか。

「こんなところでなにやってるんだよ？」

大貴は犬に声をかけた。犬の耳が少しだけ持ち上がった。口の周りの毛が黒ずんでいるのは、血だろうか。野ネズミかなにかを捕食したのかもしれない。辛《かろ》うじてそれとわかる首輪はぼろぼろだった。

「どっかから逃げてきたのか？　こんな山の中でひとりで生きていくのは大変だろう？」

大貴は背負っているリュックのサイドポケットから水筒を抜き取り、中の水を飲んだ。

木漏れ日が射し込んでくる登山道は蒸している。ここは牛岳《うしだけ》の山腹だ。週に二度、車で登山道入口に乗り付けては、山頂まで走って登り、走って下っている。

大貴にとって、この山はトレイルランニングの格好の練習場だった。

犬が水を飲む大貴をじっと見つめていた。

「喉が渇いてるのか？」

大貴は犬に声をかけた。意味がわかったのか、犬は大貴に近づいてきた。

「お裾《すそ》分けだ」

大貴は左手を犬の口元に持っていき、掌《てのひら》に水筒の水を垂らした。犬は舌を器用に使ってその水を舐《な》め取った。

「薄汚いな、おまえ」

犬の体は汚れていた。飼い主のもとを逃げだし、長いこと山の中をうろついているに違いない。口の周りの黒ずみは、やはり、血が固まったもののようだった。

「腹も減ってるんじゃないのか？」

水を飲ませ終えると、大貴はリュックを降ろし、行動食として用意してきたビスケットを犬に与えた。犬はがつがつと食った。よく見れば、肋骨が浮き出ている。

「ひとりじゃ獲物を仕留めるのも大変だろうな」

ビスケットを食べ終えた犬は、登山道の先の方に顔を向けた。目を細め、鼻先を蠢《うごめ》かせている。なにかの匂いを嗅《か》ぎつけたようだった。

「獲物の匂いか？　行ってこいよ。頑張って仕留めてこい。おれはここでお別れだ」

大貴はリュックを担ぎなおした。犬の頭を軽く叩き、再び走りはじめる。

いきなり、犬が大貴の前方に走り出て立ち止まった。振り返り、牙を剝《む》いて唸《うな》った。

「な、なんだよ……」

犬が吠えはじめた。低く力強い咆哮《ほうこう》だった。

「水と食べ物をやった恩を仇《あだ》で返すつもりか？」

大貴は走るのをやめ、身構えた。犬は吠え続けている。

「勘弁してくれよ……」

頭を掻《か》き、振り返る。山頂までは大貴の脚であと四十分というところだった。このままではここで折り返して帰るしかない。

もう一度、犬に目を向ける。相変わらず牙を剝いて吠えているが、大貴に襲いかかってくる様子はない。

「おれ、先に行きたいんだよ。わかるか？　山頂まで行きたいんだ」

突然、犬が吠えるのをやめた。大貴への関心が失せたというように、狭い登山道の脇による。

「行っていいのか？」

声をかけたが、反応はなかった。大貴は首を傾《かし》げながら、走りはじめた。

「変な犬だな」

中途半端な休憩を取ったせいか、脚が重い。ペースを上げすぎないように気をつけながら登山道を駆け登った。犬と別れてからしばらくは登山道はまっすぐ続くが、やがて右の方にゆるやかにカーブしていく。

カーブを曲がりきったところで大貴は脚を止めた。登山道の真ん中に、黒い塊が落ちていた。湯気が立っている。野生動物の糞だ。

「まさか……」

あれだけ大きなものを排泄《はいせつ》する動物となると、ツキノワグマ以外に考えられなかった。遭遇することなどまずないが、この山にも熊はいる。

湯気の立ち具合からすると、さほど時間も経っていない。登山道の両脇の森の気配を探る。なにも感じず、なにも聞こえない。

「あいつのおかげか……」

大貴は振り返った。あの犬の凄《すさ》まじい吠え方に、熊も恐れをなして逃げていったのかもしれない。

「今日はここまでにしておくか」

回れ右をして、登山道を下りはじめた。犬と別れた場所まで来て脚を止める。犬の姿はなかった。

「おーい、犬っころ。いないのか?」

森に向かって声を放つ。遠くで枯れ草を踏む音がした。大貴はまた身構えた。

「犬っころ、おまえか？　おまえなら吠えてみろ」

拳《こぶし》を握る。トレイルランニングを始めた頃は、リュックに熊除けの鈴をぶら下げ、中に熊撃退用のスプレーを必ず入れていた。それが何年ものあいだ、一度も遭遇することがないとなると無用の長物に思えてきてリュックに入れるのをやめたのだ。

歩く登山でも走るトレイルランニングでも、背負う荷物は一グラムでも軽い方がいいというのは常識だった。

近づいてくる足音は熊とは思えぬ軽やかなものだった。

藪が揺れて、さっきの犬が登山道に飛び出してきた。

「まだいたか」

大貴は犬に向かって微笑《ほほえ》んだ。

「さっき吠えたのは、熊を追い払ってくれたんだよな。匂いで熊が近くにいるってわかったんだ。そうだろう？」

犬が大貴を見上げた。曇りひとつない澄んだ目は、意志の強さを感じさせた。

「おまえは命の恩人だ。どうだ、おれと一緒に来るか？　おれの犬になれば、もう、飢える心配はないぞ」

犬の尻尾が揺れた。

「そうか。おれの犬になるか。じゃあ、一緒に行こう」

大貴は犬を見ながら走りはじめた。犬も大貴の走る速度に合わせてついてくる。

賢い犬だ——大貴は思った。

なにかの理由ではぐれてしまったのだろうが、飼い主も探しているのではないだろうか。

「おまえの飼い主、どこにいるんだ？」

大貴は訊《き》いた。当たり前のことだが、犬はなんの反応も見せなかった。

2

「ただいま。新しい家族を連れて来たぞ」

大貴の陽気な声が響いた。紗英《さえ》はその声を聞き流して作業を続けた。

「ただいまって言ってるだろう。無視するなよ」

玄関で大貴が声を張り上げた。紗英は舌打ちして手を止めた。

「今週中に発送しなきゃならない小物入れの仕上げやってるの。用があるなら後にして」

「こっちに来てくれ。新しい家族なんだってば」

「家族？」

紗英は首を傾げながら立ち上がった。顔の筋肉が強張っているのがわかる。大貴のくだらない用事で作業を中断されると決まって表情が凍りつくのだ。

両手で頬の筋肉をほぐしながら玄関に向かった。化粧を施していない顔の肌はざらついている。

仕事が忙しくなると、スキンケアをする余裕もなくなるのだ。

「なんなの、家族って――」

紗英は言葉を飲みこんで立ち止まった。

大貴が右手で紐のようなものを握っていた。その紐に繋《つな》がっているのは薄汚れた犬だ。

「なによ、その汚い犬」

「牛岳でトレランの練習してたんだけど、こいつのおかげで命拾いしたんだよ。熊を追い払ってくれたんだ。その恩返しに家で飼うことにした。いいだろう?」

紗英は唇を嚙《か》んだ。一応、こちらに伺いを立てる態度は見せるが、その実、紗英の気持ちを汲《く》むつもりなどさらさらないのはわかっている。

大貴が飼うと決めたなら、飼うことになるのだ。

「おれ、シャワー浴びたら店に顔出してくるから、紗英、悪いけど、この犬、洗ってやってくれる? 撫《な》でるだけで手が真っ黒になるぐらい汚れてるんだ」

「待ってよ。わたし、今週中に発送しなきゃならない商品があって、それの――」

「とにかく、頼むよ。車の中に買ってきたドッグフードやシャンプー入ってるから」

大貴は紐――リードを紗英に押しつけると、バスルームへ消えていった。

「ほんとに勝手なんだから」

紗英は大貴の後ろ姿を睨《にら》んだ。リードが引かれるのを感じて犬に視線を向けた。

犬は動じる風もなく、落ち着いた目で紗英を見上げていた。

「ほんとに汚れてるわね。野良犬だったの？　それにしては人間に慣れてるわね」

大貴の勝手さには腹が立つが、犬の無垢《むく》な視線には逆らえない。

「おいで。綺麗にしてあげるから」

紗英は犬と一緒に外に出た。築八十年の古民家を買い取って改築した家は庭も広々としている。空はどこまでも青く、気温は高いが犬を洗うにはうってつけの午後だ。

ガレージの周辺は地面にコンクリが打ってある。大貴が車いじりをしやすいようにと自分でやったのだ。

大貴の車のバックミラーにリードを引っかけた。

「ちょっと待ってて」

車の中には大貴の言った通り、ドッグフードやトイレシートの袋と犬用シャンプーがあった。後部座席に見える薄汚れたものは、犬が元もとつけていた首輪らしい。

紗英は首輪を手に取った。名札がついていたが、書き込まれた犬の名はインクがすっかり薄れて読み取ることができなかった。

「名前がわからないのは困るわね」

紗英はシャンプーを手に取ると、車のドアを閉めた。ガレージ脇の水道に繋がったホースを手に取り、ホースヘッドをシャワーに切り替えた。普段は洗車のため、ジェットの位置に合わせられている。

「シャンプーされたことはあるの？」

犬に訊《たず》ねた。犬はただ紗英を見つめるだけだ。

「怖くないからね。綺麗にしてあげるの。あんただって、不潔なのは嫌でしょう？　ワンコは清潔好きだもんね」

レバーを握ると、ホースヘッドから水が迸《ほとばし》った。犬は一瞬、たじろぐ様子を見せたが、すぐに落ち着きを取り戻した。

「いい子ね。わたしを信じてくれるのね」

紗英は犬に水をかけた。犬はすぐにずぶ濡れになる。足もとに落ちる水は真っ黒だった。

「犬にシャンプーするのなんていつ以来かしら」

体全体に満遍なく水をかけながら、紗英は呟《つぶや》いた。

実家にはいつも犬がいた。父が無類の犬好きだったのだ。犬を洗うのはいつも紗英の役目だった。

金沢の大学に行くために実家を出てからは、犬との暮らしも途絶えたままだった。

「もう二十年以上か……」

紗英は腰を屈《かが》め、犬の濡れた毛の中に指を潜《もぐ》りこませた。優しく、マッサージするように指を這《は》わせる。シャンプーをする前に、できるだけ汚れを落としておきたかった。

着ているTシャツに水が撥《は》ねる。ジーンズの裾も濡れていた。明日には洗濯をしようと思っていたところだった。ちょうどいい。

「次はシャンプーだよ」

水を一旦止め、シャンプーの液体をボトルから直接犬の背にかけた。十分な量をかけたところで、両手を使って泡立てていく。

犬は辛抱強くされるがままになっている。

「偉いね、おまえは」

紗英は犬の目を覗《のぞ》きこんだ。シャンプーをされるのは好きではないが、必要なら我慢する――そんな意思が感じ取れる。

「人間を信用してくれてるんだね」

シャンプーはあまり泡立たなかった。汚れが酷《ひど》すぎるのだ。一度シャワーで洗い流し、もう一度シャンプーを泡立てた。

「ほら、いい感じになってきた。おまえも気持ちいいでしょう?」

紗英は絶え間なく犬に語りかけた。緊張している犬の気持ちをほぐすには言葉をかけ続けてやるのが一番だ。

「見ず知らずの人間のところに連れて来られて、問答無用でシャンプーだなんて嫌だよね。それなのに、ちゃんと我慢して、本当に偉い子」

体全体をくまなく泡立てたところで紗英は手を止めた。

「痩せてるね。ガリガリだよ。シャンプー終わったらご飯、いっぱい食べようね」

シャワーでシャンプーを洗い流していく。犬の体から滴る水は、もう黒くはなかった。

流し終えると、ガレージの奥から使い古しのバスタオルを数枚持ってきて、犬の体を拭いた。

タオルを三枚使うと、やっと犬の体から水滴が垂れなくなった。

本当なら、この後はドライヤーで乾かしてやりたかったが、取りに行くと大貴と顔を合わせることになる。それは嫌だった。

「お散歩行こうか。この陽気なら、三十分も歩けば乾いちゃうよ」

紗英はリードを手に取った。

＊＊＊

散歩から戻ると大貴の車が消えていた。言葉どおり、店へ向かったのだろう。

大貴がやっているのはアウトドアグッズの専門店だ。たいした売り上げがあるわけでもないのに、夏はトレランの練習だ、本番のレースだ、秋から初春にかけては山スキーだのなんだのと留守にし、アルバイトに店番を任せている。

夫婦にとっての収入源は紗英が営むネットショップだ。売り物は紗英が作る無農薬の野菜とステンドグラスの小物。五年前にはじめたのだが、口コミで客が少しずつ増えていき、一昨年、年商で五百万を超えた。経費はあってないようなものなので、それで夫婦ふたり、家や車のローンを払いながら食べていける。

大貴がトレランにのめり込みはじめたのは三年ほど前からだった。紗英のネットショップがなんとか軌道に乗り、自分が必死で働かなくてもなんとかなるとわかった途端、店の経営を放りだして週の半分を山で過ごすようになってしまった。

大貴は回遊魚だ。動き続けていないと沈んでしまう。昔からそうだった。エネルギッシュで快活で、人見知りというものをまったく知らない。出会って数秒で友達になってしまう。

この犬もそんな感じで大貴に出会い、連れてこられたのだろう。

犬の足の裏を雑巾で拭《ぬぐ》い、家の中に招き入れた。犬は家の中で飼うものだ、家族なんだからな——父はそう言って、室内飼いを嫌う母を押しきったものだった。

ダイニングテーブルの上に無造作に置かれていたドッグフードの中身をボウル状の器に入れ、犬の目の前に置いた。

犬はしきりに匂いを嗅ぐが、食べようとはしなかった。

「遠慮してるの？　食べていいんだよ」

紗英が言うと、犬はフードを食べはじめた。よほど空腹だったのだろう。器はあっという間に空になった。

紗英はフードを足してやった。

「これ以上はだめよ。一気に食べると、フードが胃の中で膨らんで後で大変なことになるからね」

犬は瞬《またた》く間にフードを胃に収めた。まだ食べたりないという目を紗英に向けてきたが、紗英はそれを無視した。

キッチンの隅にトイレシートを広げた。

「今日からここがあんたの家みたい。好きにしていいけど、勝手におしっこしちゃだめよ。おしっこやウンチはここ。わたしは仕事を片づけなきゃならないし、洗濯もしなくちゃだから、しばらくあんたには付き合えない。わかった？」

犬は耳を持ち上げて紗英の言葉を聞いていたが、紗英が話し終えると興味を失ったというように欠伸《あくび》をした。

紗英はバスルームへ移動し、犬のシャンプーで濡れたTシャツとジーンズを新しいものに着替えた。大貴がトレランに着ていったシャツやパンツと一緒に洗濯機に放り込み、スイッチを入れる。

キッチンに戻ると犬はリビングに移動していた。窓の外を見られる位置に陣取って伏せている。まるでずっとこの家で暮らしていたというような落ち着き払った態度だ。

「外を見てるの？　それとも、なにかを探してる？」

声をかけると耳が持ち上がる。だが、それだけだ。犬はじっと動かず、窓の外を見つめていた。

「名前、つけてあげなきゃね」

そうは言ったものの胸の内ではもう犬に名前をつけていた。

クリント――紗英が物心ついた頃に実家で飼っていたボクサーだ。クリント・イーストウッドのファンだった父が名付けた。心優しい牡犬で、紗英の親友でもあった。

「じゃあ、わたしは仕事があるからね」

クリント――声には出さずに名前を呼ぶ。

犬が振り返った。わかっているよとでも言うように尻尾を振った。

紗英は胸の奥が温かくなるのを感じた。

どうして犬と暮らす喜びを忘れていたのだろう。犬が与えてくれる愛や喜びを、どうして思い出さなかったのだろう。

紗英は犬――クリントの傍《かたわ》らに腰をおろし、その背中に手を置いた。シャンプーしたての毛は柔らかく、心地よい。そうしていると、もう何年もクリントと暮らしているような錯覚に襲われた。

体を横にし、クリントの体に頬を寄せる。クリントは嫌がらず、紗英を受け入れてくれた。

3

ハンダ付けに集中していると、スマホに電話がかかってきた。

大貴からだ。

紗英は舌打ちした。集中が途切れると、再び作業に戻るのが億劫《おっくう》になる。仕事をする時間には電話をかけないでくれと口を酸っぱくして言っているのだが、紗英の言葉は大貴の耳を素通りしてしまうのだ。

「もしもし?」

不機嫌な声で電話に出た。

「もしもし、おれだけどさ、さっき、和明《かずあき》から電話があってさ、今夜、飲みに行くことになったから、晩飯いらない」

和明というのは大貴のスキー仲間だ。冬になると仲間とつるんで、立山連峰などへ行っては山スキーを楽しんでいる。

「あなた、今日、犬を連れて来たこと、覚えてる？」

「もちろん。忘れるわけないだろう。あいつはおれの命の恩人だぞ」

「その命の恩人が家で過ごす最初の夜だっていうのに飲みに行くの？」

「大事な話があるんだよ」

大貴は悪びれずに答えた。

「スキーシーズンは終わったばかりじゃない」

「スキーの話ばっかしてるわけじゃない。とにかく、犬はおまえがいればだいじょうぶだろう？たしか、実家で飼ってたよな、犬」

「そうだけど……」

「じゃあ頼んだよ」

「ちょっと待って――」

遠のきかけた大貴の声を、紗英は必死で呼び止めた。

「なんだよ？」

「あの犬に名前つけてあげなきゃ。それで、わたし考えたんだけど――」

「トンバだ。さっき思いついた。いい名前だろう？　アルベルト・トンバだよ」

大貴が口にしたのは往年の名スキーヤーの名前だった。

「わたしは――」

「じゃあな」

紗英が言葉を繋ぐ前に電話が切れた。いつものことで、腹が立つこともない。

いつの間にか、クリントが足もとにいた。

「トンバだって。そんな名前嫌よね。とんまみたい」

紗英はクリントの頭を撫でた。

「散歩に行って、ご飯にしようか」

午後五時を回っていたが、外はまだ十分に明るい。夏に向かって、日は長くなる一方だった。

玄関へ向かうと、クリントがついてきた。外に出るということがちゃんとわかっているのだ。

以前、人間に飼われていたことは間違いないが、それにしても賢い犬だった。

首輪にリードを繋ぎ、外に出た。少し湿った空気が露出した肌を撫でていく。

敷地を出ると、田んぼや畑が広がるエリアを目指して歩き出す。

富山市内とはいっても、紗英たちが暮らしているのは山間の小さな集落だ。近隣の住民は年寄りばかりで、幼い子供たちの声を聞くことはまずない。

少し西へ行けば南砺《なんと》市、南へ行けば岐阜との県境。四方は山に囲まれている。

紗英の実家は同じ富山市でも海沿いにある。今でも山よりは海の近くで暮らしたいと思っているのだが、大貴はその逆だ。スポーツ万能のように見えながら、大貴はカナヅチだった。

海の近くに住んで、津波が来たら、おれは死んじゃう——三年前、東北の太平洋岸を襲った津波のニュース映像を見ながら、大貴は本気で震えていた。

とにかく、山間の鄙《ひな》びた集落に居を構えたのは、一にも二にも大貴の意思だ。紗英は意見を求められたことさえない。

出会った時からそうだった。笑顔の素敵な優しくて頼もしいスポーツマン。物怖《ものお》じすることなく、紗英をどんどんリードしてくれた。

恋に落ち、プロポーズされ、結婚し、やがて、紗英は自分の浅はかさを思い知った。

大貴はだれに対しても分け隔てなく優しい。妻であろうと友人であろうとただの顔見知りであろうと区別はしない。

物怖じしないというのは物事を深く考えないというのと紙一重だった。大事な決断を下す時でさえ、大貴は深く考えず、その時の自分のフィーリングで物事を決めていく。

相手を慮《おもんぱか》ってリードするのではなく、自分のやりたいことをやりたいようにやるために先頭に立ちたがる。

大貴はそういう男だった。悪い人間だというのではない。ただ、夫に選ぶべき男ではなかった。

悪い人間ではない。だから、紗英は耐えている。

悪い人間ではない。その一点で、離婚を躊躇《ためら》っている。いっそのこと、大貴が性悪のろくでなしだったらと思う。そうであれば、紗英はとうの昔に結婚という呪縛《じゅばく》から解き放たれていただろう。

農道を歩いていると田んぼの周りの草むしりに精を出している老婆の姿が目に入った。腰の曲がり具合から見て、三軒左隣の藤田《ふじた》スミだろう。もう九十歳近いが、矍鑠《かくしゃく》としている女傑だ。紗英が野菜作りをはじめたとき、手取り足取り教えてくれた師匠でもある。

「紗英ちゃん、犬を飼ったの？」

紗英とクリントに気づいたスミが腰を伸ばした。クリントの耳が持ち上がったが、それだけだ。クリントは落ち着いていた。どんな事態になっても対処できる自信があるのだろう。

「主人が山で見つけて連れ帰ったんです。なんでも、熊を追い払ってくれたとかで……」

紗英は畦道《あぜみち》に入り、スミのそばで足を止めた。

「賢そうなワンコだねえ」

「本当に賢いんですよ。今日家に来たばかりなのに、もう何年も前からいるみたいで、教えることがひとつもないです。きっと、いい人に飼われてたと思うんだけど、どうしてはぐれちゃったのかしら……」

「いい面構《つらがま》えだ」

クリントはスミが差し出した手の匂いを遠慮がちに嗅いだ。

「芋、食うかい？　腹が減ったらと思ってふかしたのを持ってきたんだけど、この年になるとなかなか腹も減らなくてね」

スミはピンク色の可愛いウエストポーチを開け、アルミホイルで包んだ芋を取りだした。途端に、クリントの鼻が忙《せわ》しく動きはじめた。

「あげてもいいかい？」

スミがお伺いを立ててきた。

「もちろんです」

「うちの畑で採れたサツマイモだ。農薬もなんも使ってないからね」

スミはアルミホイルを剝き、サツマイモの先端を折ってクリントの口先に近づけた。クリントは芋をそっと食べた。

「お、礼儀もなってるね」

スミが破顔した。クリントの奥ゆかしさが気に入ったようだった。次から次へと芋をクリントに食べさせていく。

「いい子だね。ほんとうにいい子だ」

芋がなくなると、スミはクリントの頭を優しく撫でた。

「大貴君はどうしたの？　あいつがこの犬連れてきたんだろう？　また好き勝手やって、後始末は紗英ちゃんに押しつけてるのかい？」

紗英は苦笑した。

「あんな男、さっさと別れちゃいなよ。紗英ちゃんなら、もらいたいって男、いくらでもいるから。なんなら、わたしが探してやってもいい」

「その時はお願いしますね」

紗英はスミの言葉を笑って受け流した。

「悪い男じゃないけど、女を不幸にする。そういう顔だよ、あれは。もう不惑を過ぎたんだっけ？　それなのに、子供なんだ。子供のまんま大人になってしまったんだよ」

「そうかもしれません……でも、いいとこだってあるんですよ」

「仕事もろくにしないで、山で走ったりスキーやったり、独身ならそれでもいいけど、嫁がいる男のすることじゃないよ」

スミは蠅を追い払うように顔の前で手を振った。

「早く別れちゃいなって。人生、損するのは紗英ちゃんだよ。この子、名前は？」

「クリントです」

紗英は答えた。

「マカロニウエスタンだね。クリント、また芋食わせてあげるからね。いい子で紗英ちゃんを慰めるんだよ。いいね」

「お芋、ありがとうございました。じゃあ、また」

「ああ、ちょっと、もうひとつ話があるんだけどね、紗英ちゃん」

農道に戻ろうと踵《きびす》を返しかけたが、スミに呼び止められた。

「なんですか？」

「来年から、この田んぼ、紗英ちゃんがやらないかね」

「スミさんの田んぼを？」

紗英はすでに集落の農協から借りた二反《たん》の田んぼで米作りを行っている。夫婦ふたりが一年で食べ、お互いの実家や知人に新米を送ってもまだ少しお釣りが出るくらいの収穫はあった。これ以上、収穫量を増やしても意味がないし、無農薬で作る米というのは手間暇がかかる。

「もう、田んぼやる気力がなくてね。紗英ちゃん、インターネットとかいうので野菜売ってるんだろう？」

「ええ」

「無農薬の野菜がそんなふうに売れるんなら、米も売れるんじゃないかと思ってさ」

スミの言葉には一理あった。ネットショップの顧客からの要望で、無農薬の米は売らないのかという問い合わせもそれなりにあった。

「売れるとは思いますけど……今の二反の田んぼで手一杯で」

「馬鹿旦那に手伝わせればいいじゃないの」

「あの人はあの人で忙しいから――」

「遊びに忙しいだけじゃないのさ。とにかく、考えてくれないかな。体はきついけど、休耕田にしちゃうのはしのびなくてね」

「そうですよね、休耕田はちょっと……」

米作りをやめるということは、田んぼ周りの草刈りもやらなくなるということだ。人の手が入らなくなった田畑はあっという間に荒れる。そして、それは隣近所の田畑にも影響を及ぼしていく。

「考えておきます」

紗英は言った。

「馬鹿旦那にもちゃんと働いてもらわないとね」

スミはそう言って、紗英とクリントに背を向けた。年々小さくなっていく背中を見つめながら、紗英は溜息を押し殺した。

「じゃあ、失礼します」

スミの背中に声をかけ、リードを握り直して歩きはじめた。クリントは紗英のスピードに合わせてついてくる。

声をかけてくれるわけではない。話にうなずいてくれるわけでもない。

ただ、そこにいる。それだけで救われた思いがするのはなぜだろう。

紗英はクリントに視線を落とし、微笑んだ。クリントは真っ直ぐ前を見つめて歩いていた。

4

「ただいま」

大貴は小さな声を発しながら、玄関の戸を開けた。すでに明かりは消えている。紗英はもう寝てしまったのだろう。

もっと早く帰宅するつもりだったが話が弾《はず》んで時間を忘れた。気がつけば深夜を回っており、代行運転で帰宅したのだ。

紗英を起こさぬよう、暗闇の中、手探りで家に上がった。

「なんだ？」

なにかの息遣いを感じて大貴は凍りついた。空中に白い点がふたつ、浮き上がっている。

「トンバか？」

今日、牛岳で出会った犬を思い出した。ほんのりと、シャンプーによく使われる香料が漂っている。

目が慣れてくると闇の向こうに犬の輪郭が浮かびあがった。

廊下の真ん中に立って、こちらに顔を向けている。

「驚かすなよ。心臓が止まるかと思ったじゃないか」

野生動物が家の中に侵入したとしてもおかしくはない。大貴たちが暮らしているのはそういう田舎だった。

下駄箱の上にいつも置いてあるヘッドランプを摑《つか》み、スイッチを押した。照らすと、トンバが目を細めた。

「見違えるぐらい綺麗になったじゃないか。丁寧に洗ってもらったんだな。紗英はそういう女だ」

大貴はトンバの頭を撫で、リビングに向かった。ソファに体を投げ出す。

「飲みすぎたな……」

独りごちながらこめかみを指で押した。

トンバがやってきて、ソファの足もとに伏せた。

「飯は食ったのか?」

声をかけたが、トンバは上目遣いで大貴を見るだけだった。

「来いよ。命の恩人……いや、恩犬か、恩犬に礼をしてやる」

手招きすると、トンバは立ち上がり、ソファの空いているスペースに飛び乗った。大貴はトンバを抱き寄せた。

山で撫でた時と違って毛は柔らかく、心地よい手触りだった。

「紗英はもう忘れちゃったかもしれないけど、結婚する前、よく言ってたんだ。いつか、犬と暮らしたいってな。おれがだらしないから、なかなか飼ってやれなかったけど、なんの因果かおまえと出会った。おまえはもしかしたら、神様からの贈り物か?」

トンバの背中を優しくさする。紗英が自分に不満を募らせていることはわかっていた。確かに夫としてはろくでもない。たいした稼ぎにもならない趣味の店を持ち、夏はトレラン、冬は山スキーと道楽にうつつを抜かしている。

本当なら、紗英と一緒に汗水垂らして畑仕事に精を出し、ネットショップの発送作業を手伝ってやるべきなのだ。

わかっていてもそれができない。

スキーは物心つくころから滑っていた。中学では県大会で優勝したし、高校では国体の選手にもなった。夢はどんどん膨らみ、いつしか、長野オリンピックに出場することが具体的な目標になっていた。

だが、高三の冬に大怪我をした。スピードを出しすぎて転倒し、凄まじい勢いで転がっている最中にスキー板が堅い雪の塊に突き刺さったのだ。右足がもろにその衝撃を受けた。右すねの複雑骨折。

手術とリハビリでなんとか日常生活を送るのに支障はなくなったが、トップレベルでの競技に復帰することはかなわなかった。

生来楽天的な性格で、挫折から立ち直るのはそれほど難しいことではなかった。だが、雪で固められた斜面を滑走するスピード感やスリルを忘れることができなかった。

競技に復帰できないのなら、ゲレンデで滑ることに意味はない。

幸い、周りには山スキーを楽しむ連中がわんさといた。

自分の足で山を登り、スキーで滑り降りてくる。山スキーの魅力はすぐに大貴を虜《とりこ》にした。標高千メートル前後の比較的登りやすい山からはじめ、徐々に高度の高い山を征服していく。

雪山を登るには体力はもちろん、技術も必要だ。大貴はスキーだけではなく、登山そのものにものめり込んだ。

そして、夏の間に雪山と対峙する体力を増強すべくはじめたのがトレランだった。

トレランにもすぐにはまった。標高の高い山の尾根を走る爽快さは格別だった。

訓練の一環のはずが、すぐに主目的になり、いくつかの大会に出るうちに勝つ喜びも覚えた。

だから、仕事そっちのけで山に向かい、走ってしまう。

性格に欠陥があるのだ。体を動かしていないと、生きた心地がしない。山で体を動かしているときだけ、自分らしく生きているという実感を得ることができる。

「紗英がゆるしてくれるから、つい甘えちゃうんだよな」

トンバがじっと見つめている。

唐突に、テレビのニュースなどでときおり見かける裁判の様子が頭に浮かんだ。検察や弁護士がそれぞれの意見を主張する。裁判官はそれにじっと耳を傾けている。

トンバはその裁判官のようだった。私情を交えることなく意見に耳を傾け、判決を下すのだ。

おれは有罪か、無罪か?

そんなことを思い、大貴は苦笑した。

「飲み過ぎだな、今夜は」

大貴は腰を上げた。ヘッドランプの明かりを頼りにキッチンへ移動し、冷蔵庫からスポーツドリンクのペットボトルを取りだした。

冷蔵庫を閉めようとして、半透明のプラスチック容器が目に止まった。中に、ふかしてから一口大にカットしたサツマイモが入っている。

紗英がトンバのために用意したのだろう。

「芋、食うか?」

キッチンまでついてきたトンバに訊いた。トンバの耳が持ち上がり、尾が左右に揺れた。

「よし。もう夜も遅いから、少しだけな」

容器から芋を五つ数えて取りだし、トンバに与えた。トンバは芋を食べ終えると、ダイニングテーブルの下に顔を突っ込んだ。大貴が買ってきたトイレシートが広げてあり、その上に水を張った陶器のボウルがおいてある。

「紗英が用意してくれたのか？　気が利《き》くんだよ、あいつは」

大貴はペットボトルの中身を一気に飲み干した。

紗英は家事の一切をひとりでやり、金も稼ぐ。文句を言わず、愚痴もこぼさない。だが、大貴を見る目つきは結婚した当初とはずいぶん違ってしまった。

「わかってんだよ」

大貴は水を飲み終えたトンバに言った。

「わかってるんだ。このままじゃだめだって。トレランやスキーの仲間にも呆れられてるんだ。おまえみたいなだめ亭主はいないってさ」

大貴はリビングに戻り、またソファに腰をおろした。トンバもソファに乗ってきて、大貴の太《ふと》腿《もも》に顎《あご》を乗せた。

「わかってるんだよ、トンバ。だけど……」

不惑を迎えて、体力の衰えをはっきりと感じるようになった。

これまでは、週に一度、山中を走っていれば維持できた体力が、週に二度は走らなければ不安になる。走るだけでは物足りなくなって、ジムへ行くようにもなる。

そうやって、店の経営をおざなりにし、紗英といる時間も短くなっていく。

紗英が自分を見る目がどんどん変わっていく。愛する妻との距離がどんどん広がっていく。なんとかしなければ――わかってはいるのだが、なにをどうすればいいのかがわからない。わかるのは、焦燥感が増していくということだけだ。

可能な限り、上を目指していたい。トップレベルのランナーとして活躍できるのはいつまでなのか。

「あと五年だ、紗英。五年経ったらやめる。だから、それまで辛抱してくれ」

大貴は紗英が寝ている寝室に向かって声を放った。

なにがトップレベルのランナーだよ、おまえはプロか？　違うだろう――大貴を揶揄《やゆ》する仲間の声が耳の奥で響いた。

「あと五年でいいんだよ、五年で。そうしたら、畑仕事でもなんでも手伝うから」

睡魔が襲ってきた。大貴はヘッドランプに手を伸ばした。

明かりを消す直前、裁判官のような態度で大貴を見上げているトンバの顔が視界に入った。

トンバの頭を撫で、大貴は目を閉じた。

眠りはすぐにやってきた。

5

朝から慌ただしく時間が過ぎていく。夏野菜――レタスや葉物の注文が途切れることなく入っている。まだ空も暗いうちから起きだし、畑で収穫し、段ボールに詰め、発送作業をこなす。その合間に食事の支度《したく》をし、クリントを散歩に連れていかなければならない。

息つく暇もない忙しさに体が軋《きし》んでいる。

せめて食事の支度やクリントの散歩ぐらい自主的にやると言ってくれればいいのに、大貴は八時過ぎに起きてきては腹が減ったと喚《わめ》き立て、クリントを可愛がるだけで散歩に連れていこうという気配を一切見せない。

だれのおかげで食べられてるのよ。

だれのおかげで趣味にうつつを抜かしていられるのよ。

発送用の伝票にペンを走らせながら、刺々《とげとげ》しくなっていく心を持てあます。

「じゃあ行ってくる」

そう言って大貴が店に向かったのは午前十一時を回った頃だった。

昼近くに店を開けて、閉店は午後六時。今時、そんな大名商売ができるのも、紗英が寝る間も惜しんで働いているおかげだ。

太腿に温かい感触を覚えて紗英は我に返った。クリントが体を押しつけてきていた。

「あ、ごめんね、クリント」

紗英はペンを置き、クリントの背中に手を置いた。犬は人間の感情の動きに敏感だ。苛立《いらだ》ちに染まっていく紗英を案じたのかもしれない。

「ちょっと苛々しちゃったわね。気に障《さわ》った？」

クリントは紗英の足もとで伏せた。顔は外に向けられている。いつの頃からか、クリントが常に西の方に顔を向けるのに気づいた。正確には西南の方角だ。

西の方になにかあるの?――何度かクリントに訊ねたが、当然、答えは返ってこない。

ただの偶然なのか。それとも、元もと飼われていた家が西の方にあるのか。

インターネットのSNSにクリントの写真をアップし、飼い主はいないかと問いかけたこともある。これだけ躾《しつけ》の行き届いた犬なのだ。飼い主は愛情を傾けていたに違いない。なにかの手違いがあってクリントがはぐれたのなら、飼い主は血眼《ちまなこ》になって探しているはずだ。

だが、飼い主からの返事はなかった。手がかりになりそうな情報も皆無だった。

「おまえは本当にどこから来たの?」

伏せたまま西の方角を見つめるクリントに声をかけた。耳が持ち上がるが、クリントは動かない。

スマホに着信があった。紗英は反射的にスマホを手に取り、電話に出た。

「もしもし?」

「〈風の里〉さんですか?」

女の声が紗英のネットショップの店名を口にした。まだ三十代だろうか。声に張りがある。

「はい、そうですが」

「先日、無農薬のレタスとキュウリを注文した者なんですが、昨日、届いたんですけどね」

声に敵意が感じられた。紗英は身構えた。クリントが立ち上がり、紗英の様子をうかがっている。

「レタスを切ってたら、中から青虫が出てきたんですよ、青虫」

「それは申し訳ありません。当方の野菜はすべて無農薬のオーガニック製法で栽培しておりますもので、収穫の際に確認はしておりますが、ときには見過ごすこともございます。ですから、HPにその旨、説明させていただいているのですが――」

「なに言ってんのよ。青虫よ、青虫。無農薬だろうがなんだろうが、青虫がついてる野菜売るってどういう神経よ。間違えて食べたらどう責任取るつもり？」

話せば話すほど、相手の声はヒステリックになっていく。

「ですから、そういう場合もあるとHPで説明させていただいているんです」

「わたしが悪いって言うの？　注意書き読まないで勝手に頼んだわたしが悪いわけ？」

「いえ。そういうわけでは――」

「こっちはね、体によくて美味しい野菜を食べたいと思っただけなの。青虫がついてくるなんて知ってたら頼まないわよ。どういう神経してるの？」

青虫なんてどうでもいいじゃない、よく洗って食べればなんの問題もないわよ――そう叫びたいのを紗英はこらえた。

「まことに申し訳ございません。ご希望でしたら、返金手続きを取らせていただきますが」

「当たり前でしょ。こんな虫のついた野菜に、だれが金を払うっていうのよ。これで金取ったら詐欺じゃない、詐欺」

スマホを握る手が震えた。

ときおり、的外れな苦情を訴えてくる客はいるが、これほど傲慢な物言いをされたのは初めてだった。

相手を罵《ののし》るための言葉が喉元までせり上がってきた。

クリントと目が合った。

助けて、クリント、わたしを助けて――クリントに懇願した。

クリントが紗英の太腿の上に顎を乗せてきた。クリントの温かさが凍《い》てついていた紗英の心を見る間に溶かしていく。

「それでは、すぐに手続きをさせていただきますので、お手数ですがＨＰで返金手続きをお済ませください。この度は不快な思いをさせて、本当に申し訳ございませんでした」

「もう二度と頼まないから」

一方的に電話が切れた。

紗英は唇をきつく噛み、クリントの頭を撫でた。

「ありがとう。おまえがいなかったら、怒鳴り返しちゃったかも。客商売なんだから、そんなことしちゃいけないのに……」

クリントが頭を浮かせ、紗英の手をぺろりと舐めた。

そんなこと、気にするな――そう言われたような気がした。

「そうね。気を取り直さなくちゃ。やることは腐るほどあって、待ってちゃくれないんだから」

紗英はペンを握り、発送作業に戻った。

しばらくすると、また着信があった。ディスプレイでおそるおそる、電話の相手を確認する。大貴だった。

「もしもし、おれ」

「わかってるけど、なに？」

不機嫌な声が出る。

「あんまり天気がよくてもったいないからさ、これから牛岳まで行って走ってくる。晩飯はハンバーグがいいな」

大貴はいつもと同じで紗英の機嫌には無頓着だった。

「猫の手も借りたいぐらい忙しいのに、旦那は手伝ってくれるどころか趣味のトレランに行くらしく、とてもじゃないけど、ハンバーグなんて手の込んだ料理は作ってられない」

紗英は一気にまくし立てた。

「あれ？　なんか怒ってる？」

「別に」

かつては天真爛漫だと感じていたものが、今では無神経だとしか思えない。大貴には人の気持ちを読み取る能力が絶望的に欠けている。

「紗英も知ってると思うけどさ、おれ、単純作業だめなんだよ。手伝ってやりたいとは思うけど、無理」

「その言い方、なんとかならないの？　ムカつく」

「悪い悪い」

大貴はちっとも悪いとは思っていない声で言った。腹立ちがさらに激しくなる。

「とにかく、行ってくるよ。晩飯、簡単なのでいいから」

電話が切れた。紗英はスマホを握りしめ、吐息を漏らした。

「ご苦労様とか、お疲れ様とか、どうして言えないのかしら？　その一言で、わたしは救われるのに」

紗英は顔を覆った。突然、やるせなさに胸が塞《ふさ》がれ、涙がこぼれてきた。

あれほど好きだったのに。燃えるような恋だったのに。結婚して幸せになると誓ったのに。

腕を伸ばしてクリントに触れた。クリントだけが慰めだった。

「そばにいてくれてありがとう」

紗英はクリントの毛に顔を埋《うず》めて泣いた。

6

「トンバ、来い」

大貴はソファに身を投げ出すのと同時にトンバを呼んだ。トンバは軽やかに駆けてきて、ソファに飛び乗った。トンバを抱きしめ、頭や背中、胸を勢いよく撫でてやる。

トンバは嬉しそうに表情をゆるめた。

「昼間なにかあったのかな？　紗英、機嫌悪いだろう？」大貴はトンバに語りかけた。「おれが帰ってきてから飯食い終わるまで、一言も口利いてくれなかった」

バスルームの様子をうかがう。晩ご飯の洗い物を終えると入浴するのが紗英の習慣だった。

「晩飯だってレトルトのカレーだぜ。いくら忙しくても、昔はちゃんと作ってくれたんだ。じっくり煮込んでさ、とろとろになったビーフカレー。おれ、紗英のカレー大好きなんだけど、もうしばらく食ってない気がする……いや、そんなことないな。先月食ったわ」

大貴は苦笑して頭を掻いた。

「とにかく、ここんとこずっと機嫌悪いよな、紗英。おまえ、八つ当たりとかされてないか？」

トンバが尻尾を揺らした。

「ま、そんなことする女じゃないのはわかってるけど、疲れてるんだろうな。働き過ぎなんだよ」

口ではそう言ったものの、紗英が寝る間も惜しんで働いてくれているからこそ、自分が好き勝手できていることは自覚していた。

「これでも気使ってるつもりなんだけど、足りないかな？」

トンバは尻尾を揺らし続けている。これまでは紗英の機嫌が悪いと家中の空気が重く淀み、居たたまれない気持ちになったものだ。だが、トンバがいるとなにかが違った。

休むことなく揺れる尻尾が淀んだ空気を攪拌《かくはん》してくれるからだろうか。

「おまえも足りないと思うか？　そこがおれのだめなとこなんだよなあ。人の気持ちを忖度《そんたく》できないっての？　ついつい自分のことに夢中になっちゃうんだよ。どうしたらいいと思う？」

トンバがソファから飛び降りた。リビングを横切り、ドアのところで立ち止まって振り返る。

「なんだよ？　ついてこいって？」

大貴が腰を上げると、トンバは廊下に出ていった。

後を追う。トンバは玄関にいた。壁から吊されている散歩に行くときのリードを見上げていた。

「今から散歩かよ。勘弁してくれ」

大貴は立ち止まり、腰に両手を当てた。

トンバは急にリードに対する興味が失せたというように動きだし、大貴の脇を通ってリビングに戻っていった。

「なんなんだよ、いったい？」

大貴は首を傾げながらリビングに戻った。トンバはソファの上で体を丸めて伏せていた。

「なにが言いたいんだ、おまえ？　言いたいことがあるならちゃんと言えよ」

トンバを踏まないように気を使いながらソファの端に腰をおろした。

「リードをおれに見せたかったけど、散歩に行きたいわけじゃないのか？　難しいなあ……って、犬が人間にクイズ出すかよ」

ひとりでぼけてひとりで突っ込み、大貴は力なく笑った。

「おまえが本当に喋《しゃべ》れたらいいのにな」

トンバを撫でた。その瞬間、体に電流が走ったような気がした。

「そうか……ここんとこ、紗英、薄暗いうちから畑に出て収穫してるもんな。おまえの朝の散歩ぐらい、おれが代わってやったほうがいいよな。そういうことだろう、トンバ？」

トンバがリードのところに大貴を誘ったのはそういうことなのだ。

「そこまで頭いいとは思えないけど、ヒントもらったってことだよな。これで紗英の機嫌が直ってくれるといいな。ちょっと待ってろよ」

大貴はキッチンへ向かった。冷蔵庫から缶ビールとふかしたサツマイモを取りだしてソファに戻った。

缶ビールの栓を開け、缶をトンバの鼻にちょこんと押し当てた。

「乾杯。紗英の機嫌が直りますように」

ビールを一口呷《あお》り、サツマイモをトンバに与えた。

「これはヒントをくれたご褒美だ。明日から、朝はおれと散歩だぞ。ちょっと早起きしなきゃな」

大貴は笑いながらビールを立て続けに飲んだ。

7

畑の収穫を終えて帰宅すると、大貴とクリントの姿がなかった。

数日前に、大貴が突如「トンバの朝の散歩はおれが行く」と言いだした。どうせ三日坊主で終わるだろうと思ったが、大貴とクリントの朝の散歩はまだ続いていた。散歩に行ってくれるのはありがたいのだが、クリントの食事の支度にまでは気が回らないのが大貴らしい。

結局、ドッグフードをぬるま湯でふやかし、水用の器を綺麗に洗って水を張るのは紗英がやらなければならなかった。

ドッグフードを固いまま食べさせて、その後に水を飲むと、胃の中でドッグフードが膨らんで胃捻転《いねんてん》などの病気を引き起こすことがある。

クリントが来たばかりの頃、大貴はときおりクリントにドッグフードを与えていたが、紗英がそう言って注意すると、「面倒くさいな」と一言発して、それっきり、ドッグフードには触れようともしなくなった。

「なにが面倒くさいよ。あなたの食事を作る方がよっぽど面倒くさいわ。それに、トンバじゃなく、クリントだし」

大貴はクリントのことをトンバと呼び続けている。紗英はクリントと呼ぶ。相手が違う名で犬に呼びかけても、大貴も紗英も気にかけたりはしなかった。クリント自身もどちらの名で呼ばれてもきちんと反応する。

「そういう夫婦になっちゃったのよね」

紗英は器に盛ったドッグフードに、ヤカンのぬるま湯を回しかけた。

ぬるま湯はすぐに冷めるだろう。ドッグフードも数十分後にはふやけて形を失ってしまう。

愛もそうだ。紗英と大貴の間にあった愛は十数年という歳月の間に冷め、形を失ってしまった。もう、元には戻らない。

そう考えただけでわけもなく涙がこぼれた。大貴のせいで悲しいのだと思うと、腹が立ち、さらに涙が溢《あふ》れてくる。

大貴を選んだのは自分なのだ。だから、これは自業自得だ。

紗英は自分に言い聞かせた。

これ以上、大貴を疎《うと》ましいと思いたくなかったのだ。

涙は止まらなかった。畑の作業で土に汚れた手を洗い、濡れた手で涙を拭った。

最後にメイクをしたのはいつだろう——ふと思った。

いくら考えても思い出せない。化粧をし、ドレスアップして出かけたのは何十年も昔のことのように思える。

寝室に移動し、ドレッサーの椅子に腰かけた。鏡を覗きこむ。農作業で髪は汗に濡れ、化粧っ気のない顔はぱさついている。まだ四十歳になったばかりなのに、鏡に映る顔は六十代のようだった。

これじゃあだめだ。せめて、眉を描き、ルージュを引こう。

そう思い、化粧品をあらためた。

眉を描くペンシルは削る必要があったが、削る道具が見当たらなかった。口紅はどれもこれも流行とはほど遠い色だった。

紗英は鏡に背を向けた。

こんなはずじゃなかった。

愛する人と結婚し、幸せな家庭を築く。子供ができなかったのはどちらのせいでもない。それでも、笑いの絶えない夫婦でいることは可能だったはずだ。

今では、心の底から笑えるのはクリントがそばにいてくれるときだけだ。

「早く帰ってきて、クリント。お願い」

紗英は力なくうなだれた。

8

「今日は牛岳に行こう。おまえと会ったあの山だ」

ステアリングを握りながら大貴は言った。家の周りをトンバと歩き回るのにもう飽きている自分がいた。

何年もの間、決まったコースを犬と散歩する飼い主たちの気が知れない。

飼い主が飽きるのだから、犬だって飽きるはずだ。

途中でコンビニに寄り、行動食にする食料を買い込んだ。

登山でもトレイルランニングでも、行動食は必要不可欠だ。シャリばてとよく言うのだが、体内のエネルギーが枯渇すると、ハンガーノックという極度の低血糖状態に陥る。そうなると自力で動くこともかなわなくなるのだ。

そうならないよう、すぐにエネルギーになる食料を持参する必要がある。

ついでに、犬用のジャーキーも買った。

「トンバにだって行動食は必要だからな」

水は家から持ってきた。トンバとの散歩のついでに山の中を走るのだ。本格的な訓練ではないから、必要以上に気を使うこともない。

いつもの場所に車を停め、ランニングシューズに履き替えた。屈伸などで十分に体をほぐすと、リュックを背負い、トンバのリードを握った。

できれば、自由に走らせてやりたいところだが、トンバがちゃんとついて来るという確信がない以上、リードなしというわけにはいかない。もし、山中でトンバとはぐれ、見つけることができなかったとしたら、紗英は一生自分をゆるしてくれないだろう。

「さあ、行くぞ」

大貴が走り出すと、トンバも駆けた。大貴の走るスピードに合わせて併走してくる。その走る姿は優雅だった。

「いいぞ、トンバ」

登山道に入ると、トンバは大貴の背後に下がった。道が狭くて併走できないのだ。

大貴は走りながらリードの長さを調節した。走り慣れた登山道も、トンバが一緒だと新鮮に感じられた。

「どうだ？　気分がいいだろう、トンバ」

トンバは笑っている。大貴の顔にも笑みが広がった。

「だよな。空気は綺麗だし、最高だよな？　紗英にはトレランのよさがわからないんだよ」

脚の筋肉も心肺も絶好調だ。普段のトレーニングよりはいくぶん速いペースでも、息が上がることも、筋肉が不平を言うこともない。

高度が上がるにつれ、勾配もきつくなっていく。

走る速度を上げようとして、大貴は思いとどまった。

トレーニングなら筋肉にもっと負荷をかける必要がある。だが、今日はトンバの散歩の代わりなのだ。

スポーツになると、ついむきになってしまうのが自分の悪い癖だ――大貴は苦笑した。

三十分ほど走ったところで大貴は足を止めた。

「休憩だ、トンバ」

水を飲み、荒れた呼吸を整える。トンバの呼吸も荒いが、表情は平然としていた。

あの汚れ方を見ると、何週間も山の中をうろついていたはずだ。山には慣れているのだ。これしきのことでへばるはずもない。

「水、おまえも飲むか？」

トンバが大貴を見上げた。水筒のキャップに水を溜め、トンバの口元に持っていく。トンバはばしゃばしゃと音を立てて水を飲んだ。

「おまえは天性のランナーだな。羨《うら》ましい」

トンバの頭を撫で、水筒をリュックに戻すついでにクエン酸入りのタブレットを出して口に放り込んだ。

それだけで体がリフレッシュされたような気がするのは、おめでたい性格のせいだろうか。

トンバにジャーキーを与えた。

「リードなくてもだいじょうぶだよな？　勝手にどっかに行ったりしないだろう？」

ジャーキーを噛んでいるトンバに訊いた。リードを握ったまま走るのが煩《わずら》わしかった。

トンバがジャーキーを食べ終えると、大貴はリードを外し、リュックに押し込んだ。

「もう三十分ぐらい走ったら帰ろうか？　紗英が心配するかもしれないからな」

トンバの頭をぽんと叩き、大貴は再び走りはじめた。

十歩走るごとに背後を確認する。トンバはしっかりとついてきていた。

「よし、いいぞ、トンバ」

大貴は叫んだ。

9

「どこまで行ったのよ、まったく」

大貴とクリントが戻って来ない。何度も電話をかけたが、大貴のスマホには繋がらなかった。LINEでメッセージを送っても返信はない。

「事故にでも遭《あ》ったのかしら？」

居ても立ってもいられず、紗英は車に乗り込んだ。

近場の農道をぐるぐると走りまわるが、大貴たちの姿はどこにも見当たらない。農作業をしている顔見知りに訊ねても、大貴を見たという返事はなかった。

「どこまで行ったのよ」

不安と苛立ちがどんどん膨らんでいく。

クリントになにかあったら、絶対に大貴をゆるさない。

ステアリングを握りながらそう思い、そう思った自分に唖然《あぜん》とした。

もし、なにかの事故に遭ったのだとしたら、クリントだけではなく大貴も無事ではないのかもしれない。だが、大貴が大怪我を負ったとしてもクリントが無事ならそれでいいと考える自分がいる。

十数年人生を共にしてきた夫より、一緒に暮らすようになって一月《ひとつき》にもならない犬の方が大切に思えるのだ。

紗英は車を路肩《ろかた》に停めた。座席の背もたれに体重を預け、目を閉じた。

「もう、だめよね。わたしたち……」

呟いて唇を噛んだ。

10

視界が開けると、その先はガレ場だった。登山道はさらに狭まり、大小の石や岩が目立つようになる。登山道の左側は切れ落ちた崖になっていて、万が一が起きれば、五十メートル近く滑落《かつらく》することになる。

走る速度を落とし、浮き石に気をつける。

「おまえも気をつけるんだぞ、トンバ」

後ろにいるトンバに声をかけた。トンバのリズミカルな息遣いが返事の代わりだった。

最初の休憩地点では、あと三十分走ったら下山しようと思っていたのだが、走っているうちについ夢中になり、もう一時間近く走り続けていた。

このガレ場を抜けたら休憩しよう。トンバも疲れているだろう。

気温が急激に上昇している。体は汗まみれで、喉はからからに渇いていた。汗の掻きすぎか、右の内股の筋肉がときおり痙攣《けいれん》する。

「調子に乗って飛ばしすぎたな」

大貴は呟いた。若い頃はその日の体調など無視して体を動かすことができたが、今はそうはいかない。

好不調の波がはっきりしているだけではなく、好調だからといって飛ばしすぎると、途端にガス欠を起こすのだ。

リュックに常に入れてあるアミノ酸入りのサプリを飲めば、筋肉の痙攣はすぐに収まる。

「休憩したら、水とサプリだ」

百メートルほどでガレ場は終わり、また樹林帯を走ることになる。そこで休憩しよう。

「もうちょっとだぞ、トンバ。もう少し走ったら休憩して、それから下山しよう」

登山道がガレ場から樹林帯に切り替わるポイントが目に入った。

あともう少しだ——そう思った瞬間、背後のトンバがいきなり吠えた。

「なんだ？」

振り返ろうとして、トンバと初めて出会ったときのことが脳裏をよぎった。

「熊？」

ツキノワグマと出くわす恐怖に足が竦《すく》んだ。走るのをやめる。慣性を殺そうと脚に力を入れると、右の内股の筋肉が攣《つ》った。

「痛っ！」

痛みに顔をしかめ、左足だけで立った。その足もとがぐらついた。浮き石を踏んでしまったのだ。

やばい——そう思うのと同時にバランスを失った。体が左に傾き、左足が宙に浮いた。

必死で腕を伸ばしたが、手は空を摑むばかりだった。

「トンバ！」

トンバに助けを求めた。

無駄だった。大貴は崖を滑落していった。

「トンバ、紗英――」

愛する者たちの名を呼んだ。なにかに体が激しく打ちつけられ、大貴は意識を失った。

11

ヘリポートに着陸したヘリから山岳救助隊のユニフォームを着た男たちが降りてきた。ストレッチャーが機体の外に出され、男たちがそれを押してこちらに向かってくる。

紗英は生唾を飲みこんだ。

昼過ぎになっても大貴とクリントは帰らず、もしやと思って牛岳に車を走らせた。登山道の近くに大貴の車が停められていた。

山でなにかが起こったのだ。

そう察した紗英は警察に向かった。

富山県警の山岳警備隊が崖下に滑落した大貴の遺体を発見したのは午後五時近くだった。

年嵩《としかさ》の救助隊員が紗英の前に進み出てきた。

「免許証を所持していたので旦那さんで間違いないと思います。念のため、ご遺体を確認しますか？」

ストレッチャーに載せられた大貴の遺体にはシートが被《かぶ》せられていた。

「見ない方がいいですか?」

紗英は訊き返した。滑落して岩場に叩きつけられた遺体の無残さは、大貴から散々聞かされてきた。

「顔だけでもご確認ください。ただし、かなり損傷していますので……」

「わかりました」

救助隊員が遺体にかけられていた布をずらした。紗英は目を閉じた。

「主人です」

反射的に口にしていた。

「ありがとうございます。この度はご愁傷様でした」

救急隊員はシートを元に戻した。大貴に向かって手を合わせ、頭を下げた。

「それでは、ご遺体は警察の方に運びます」

「あの――」

紗英は救助隊員を呼び止めた。

「なんでしょう?」

「主人が滑落した場所の近くで、犬を見かけませんでしたか? シェパードに似た雑種なんですが。主人と一緒に山にいたはずなんです」

「その犬なら、登山道を登っていた救助隊員たちが見たそうです。ご主人が滑落したガレ場にいて、登山道からご遺体をじっと見おろしていたとか。彼らに気づくと、身を翻《ひるがえ》して走り去ってしまったそうです。多分、飼い犬だろうと、隊員たちが手分けして探したんですが、まだ見つかっていないそうです」

「そうですか……」

紗英は胸を撫でおろした。クリントは無事なのだ。それがわかっただけでも救われた思いがした。

「ワンちゃんの名前を教えていただけますか？　名前で呼びかければ姿を現すかもしれません」

「クリント……トンバです」

紗英は答えた。大貴と一緒に山に入ったのだ。ずっとトンバと呼ばれていたことだろう。ならば、紗英が名付けたクリントより、トンバという名に反応するような気がした。

「では、隊員たちに伝えます」

「よろしくお願いします」

紗英は再び頭を下げた。救助隊員たちがストレッチャーを駐車場の方に押していく。

死体が見つかったという報《しら》せを聞いたときに溢れ出た涙はとうに涸《か》れていた。

わたしがあんなことを思ったせいで大貴は死んだのだ――罪悪感が胸を焦《こ》がし続けている。

「死んでほしいなんて思ったわけじゃないのよ」

紗英は天を仰いだ。

「クリント、早く帰って来て。お願い」

暮れていく空に向かって祈った。

＊＊＊

「ワンちゃん、見つからないままなんだって？」

仏壇に向かって焼香を済ませると、スミが紗英に向き直った。

事故死ということで大貴の遺体は行政解剖にまわされ、自宅へ戻ってきたのは一週間後だった。告別式が終わったのは一昨日だ。クリントの姿が消えてから、もう十日近くが経っている。

「旦那さんだけじゃなく、ワンコもいなくなるなんて辛いね」

「ええ、もう、寂しくて寂しくて」

紗英は微笑んだ。

「しかし、恩知らずな犬だね」

「それは違うと思うんですよ」

紗英は言った。

「違うってなにが？」

「わたしたち、群れだったんです。でも、その群れが崩壊してしまった。だから、クリントは立ち去ったんです。自分の本当の群れを探すために」

「言ってることがわからないよ、紗英ちゃん。だいじょうぶかい？」

「わたしはだいじょうぶですよ。そうだ、来年、スミさんの田んぼ、わたしが頑張りますね」

「本当かい？」

「ええ。これからもばりばり働きますから」

急須の茶を注ぎ、湯飲みをスミに渡した。スミが茶を啜《すす》る。

そう。働かなければ。朝から夜まで忙しく働いていれば、罪悪感に苦しむ余裕もなくなるだろう。

だが、その前に犬を飼おう。

紗英は自分の湯飲みを傾けた。

新しい自分の群れを作るのだ。

「そういえばさ、わたしの知り合いで、子犬のもらい手を探してる人がいるんだけど、紗英ちゃん、どうかね？」

スミが紗英の心を読んだかのように口を開いた。

「是非」

紗英は即答していた。

娼婦と犬

1

美羽《みわ》は車の窓を開けた。土埃《つちぼこり》の混ざった空気が車内に流れ込んでくる。師走《しわす》の風に当たってても体の火照《ほて》りはおさまらない。

汗が目に流れ込んでくる。額に浮いた汗を手で拭《ぬぐ》うと肌がざらついた。

「いやだ、もう」

泥まみれになった手はウェットティッシュで丁寧に拭ったのだが、汚れを完全に落とすことはできなかった。ネイルアートを施《ほどこ》した爪の中にも土が入り込んでいる。

早く家に帰って熱い風呂に浸かりたかった。肌に染みこんだ汚れを落としてしまいたい。

コンソールから煙草《たばこ》を取り出し、くわえた。火を点《つ》けようとして手が震えているのに気づいた。いくら待っても震えはおさまりそうになかった。美羽は諦めて、火の点いていない煙草を外に投げ捨てた。

次の瞬間、ヘッドライトがなにかを捉えたような気がした。咄嗟《とっさ》にブレーキを踏む。土埃が激しく舞い上がって、美羽は慌《あわ》てて窓を閉めた。

「なに？」

車を停めたまま辺りの様子をうかがった。鹿か猪《いのしし》だろうか。まさか、熊ということはあるまい。

土埃がおさまってきた。ヘッドライトが照らす周辺に野生動物の姿はない。

「気のせい？」

美羽は溜めていた息を吐き出し、また額の汗を手で拭った。ざらつきが酷《ひど》くなる。手も震えたままだ。

「ほんとにやになっちゃう」

アクセルを踏もうとして、前方になにかが横たわっているのに気づいた。車から十メートル近く離れている。イヌ科の動物のようだが、大きさからして狐や狸《たぬき》ではない。

「子熊ってことはないよね？」

美羽は瞬《まばた》きを繰り返した。里山に住んでいた祖父の言葉が耳によみがえる。

――子熊の近くには必ず母熊がいるから、無闇《むやみ》に近づいたらいかんぞ。

しかし、林道に横たわっているものは熊にも見えなかった。

おそるおそるクラクションを鳴らしてみた。車のヘッドライト以外、なにひとつ人工の明かりのない森の中、クラクションは闇に吸い込まれるように消えていく。

横たわっていたものが顔を上げた。ヘッドライトの明かりを浴びて、目が煌々《こうこう》と輝いている。

犬だ。迷い犬か野良犬だろうか。

「どいてよ」

またクラクションを鳴らした。犬は動かなかった。顔を上げ、尾をゆらゆらと揺らしている。

「どいてってば。轢《ひ》いちゃうわよ」

叫びながらもう一度クラクションを鳴らした。やはり犬は動かない。

「勘弁してよ」

どうしていつもこんな目に遭《あ》うのだろう。そう思うと涙が溢《あふ》れてきた。

もう二度と泣くまいと誓ったのはほんの数時間前のことなのに。

「くそったれ！」

叫んでドアを開けた。動いたらすぐに閉めるつもりだったが、やはり犬は動かない。顔を上げて車の方を見つめ、ゆるやかに尾を振るだけだ。

その姿は助けを求めているようにも見えた。

美羽は車の後ろに回り、荷室を開けた。泥まみれのスコップを握る。

「助けてほしいの？　いきなり飛びかかってきたりしない？　こっちはスコップ持ってるんだから、そんなことしたらぶっ飛ばすよ」

両手でスコップを握り、周囲に神経を尖《とが》らせながら犬に近づく。

シェパードに似ているが、それにしては体が小さい。シェパードと他の犬のミックスなのだろうか。

「どうしたの、おまえ？」

声をかけると尾の揺れが大きくなった。人に慣れているのかもしれない。

「怪我してるの？」

犬の下半身の毛がなにかで濡れて体に張りついている。

「血じゃないの？」

美羽は恐怖を忘れて犬に近づいた。犬は荒い呼吸を繰り返していた。

「触るだけだからね。噛《か》まないでよ」

犬を怯《おび》えさせないようそっと腕を伸ばし、後ろ脚に触れた。濡れた指先を目の前に持ってくる。

血だった。

「怪我してるんだね。どうしよう」

上着のポケットの中のスマホを取ろうとして、美羽は思いとどまった。

こんな時間に人里離れた山中にいる理由をどう説明すればいいのか、適当な嘘が思いつかなかったのだ。

「ちょっと待ってて」

犬に声をかけ、車に戻った。スコップを荷室に戻し、代わりに、ブルーシートを取り出して、後部座席に敷いた。念のためにと思って荷室に入れておいたものだが、まさか、こんなふうに役に立つとは想像もしていなかった。

犬のところへ戻った。

「いい？　抱っこするよ」

上着はもう泥で汚れているのだ。犬の血がつこうがかまうことはない。

犬を抱き上げた。犬はガリガリに痩せていた。悲しくなるほどに軽い。

「病院に行こうね」

目を覗《のぞ》きこむと、犬は美羽の鼻先をぺろりと舐《な》めた。

＊＊＊

犬の左の太腿《ふともも》が刃物かなにかで抉《えぐ》られたようになっていた。

救急動物病院の獣医は猪の牙にやられたのではないかと言った。

傷口縫合《ほうごう》の緊急手術が行われ、その他にも細々《こまごま》とした検査が施されるという。

美羽は一旦、帰宅した。

シャワーを浴びて体の汚れを洗い流し、軽食を口に入れてから病院に舞い戻った。

自分が飼っていた犬ではないのだ。そのまま放っておいてもよかった。犬にとっては病院に運んでもらえただけでも御《おん》の字だろう。

だが、今日あの時あの場所で出会ったという点が美羽の心に引っかかっていた。

そして、あの犬の目だ。瀕死の重傷を負い、助けを求めているくせに、どこか超然とした目。

どうしてあんな目つきをしていたのか、知りたかった。

病院の受付で様子を訊《たず》ねると、手術は無事に終わったと知らされた。命に別状はない。

ほっとしていると、担当医がやって来た。

「やはり、猪にやられたようです。あの犬は須貝《すがい》さんの犬ではないと言ってましたよね？」

「ええ。たまたま、道で倒れているのを見つけたんです」

「山間のほうですか？」

「はい」

「マイクロチップが入っているんですが、それによると、岩手県で飼われていた犬なんです。名前は多聞で、四歳の牡犬。明日、飼い主に連絡を取ってみます」

「あの、犬の具合はどうなんですか？」

獣医は欠伸《あくび》をかみ殺した。すでに明け方が近い。美羽にはどうということのない時間だが、普通の人間なら眠気を催すのは当たり前だった。

「腿の傷は見た目ほど酷くはありませんでした。血液検査の結果、感染症も、その他の病気も問題はなさそう。ただ、かなり痩せています。栄養失調寸前というところかな。点滴で栄養を補給しておきますか。二日ほど入院すれば、元気になると思いますよ」

「飼い主が見つからない場合、あの子はどうなるんですか？　岩手からこんな所までくるなんて、普通じゃないし」

美羽は訊《き》いた。獣医の顔がかすかに曇った。

「保健所が引き取ります。保健所が新しい飼い主を探すことになりますが、見つからない場合は……」

「殺されちゃうんですか？」

「それが嫌なら、あなたが飼い主になるとか」

「わたしが？」

美羽は自分を指さした。

「この子の場合、どうやらシェパードが入ったミックスのようだし、飼い主になりたいという人が現れる確率は低いと思うんです。人気犬種だとか、和犬のミックスなら話は別なんですが」

美羽は視線を落とした。犬が元気になるまでは時間を見つけて何度も見舞いに来ようとは思っていた。だが、飼うとなると話は違ってくる。

「すぐに決める必要はないですよ。飼い主が引き取るかもしれないし。まだ麻酔が効いて眠っていますが、会っていきますか？」

獣医の言葉に、考える前にうなずいていた。

「じゃあ、こちらへどうぞ」

処置室というプレートがかけられた部屋に通された。診察台の脇を抜けて奥へ行くと、いくつものケージが積み重ねられていた。そのひとつ、中段のケージの中に犬が横たわっていた。左の前脚に点滴のチューブが繋《つな》がれている。

「麻酔が切れても体力が落ちているので、このまま朝まで寝ていると思います」

美羽はケージに顔を近づけ、中を覗きこんだ。看護師が洗ってくれたのか、汚れていた毛が綺麗になっている。穏やかな寝顔は自信に満ち溢れているように見えた。

「おまえ、猪と戦ったの？」

「傷が浅くて幸いでしたよ。ここにも時々、猪の牙に刺されたという猟犬が運ばれてくることがあるんですが、こんなもんじゃないですからね」

「この子、猟犬なんですか？」

「違うと思います」獣医は微笑《ほほえ》んだ。「十分ぐらいしたら、看護師が呼びに来ます。それまでは、一緒にいていいですよ」

獣医は去っていった。美羽は犬を見つめ続けた。

「どうしてあんな山にいたの？　どうしてひとりで猪と戦ったりなんかしたの？」

問いかけてみたが、犬は深い眠りの中にいた。

「あんたの飼い主はどこにいるの？　どうして岩手からこんな遠くまで来たの？」

答えてはくれないとわかっているのに、次から次へと知りたいことが頭に浮かんだ。

「いいわ。もし飼い主と連絡が取れなかったら、わたしが新しい飼い主になってあげる」

美羽は犬に背中を向けた。処置室を出、受付へ真っ直ぐ向かう。

「あの子の飼い主になるには、なにをどうやったらいいんですか？」

受付にいた中年の女性スタッフが目を丸くした。

2

「ただいま」

声をかけて家に入る。レオが目の前にいた。ドアを開ける前から、レオが待ち構えているのはわかっていた。

林道で倒れているのを見つけたときに比べると、体がふたまわりほど大きくなっている。毎日丁寧にブラッシングしている毛は艶々《つやつや》だ。

退院してからおよそ半月が経つ。マイクロチップに記されている飼い主とは結局、連絡が取れず、美羽が引き取ることになったのだ。レオは無闇に吠えることも、粗相《そそう》をすることもなく、淡々と美羽との新しい生活を受け入れた。

多聞という名は前の飼い主のことを思い出してしまうかもしれないと思い、使うのが躊躇《ためら》われた。レオと名付けたのは、昔どこかで見たことのあるアニメの主人公だった白いライオンに雰囲気が似ていると思ったからだ。

美羽が手を差し伸べると、レオが匂いを嗅《か》ぎ、おもむろに手の甲を舐めはじめる。見知らぬ男たちに触られて汚れた体を清めてもらっているようで、いつも好きなだけ舐めさせている。

「元気だった？」

レオが満足すると、美羽は靴を脱いだ。バスルームに直行して念入りに手を洗う。

ドッグフードを器に盛り、キッチンの端に置いた。

レオは器の前に座り、美羽を見上げる。

「ＯＫ」

声をかけるとレオが腰を浮かして器に顔を突っ込んだ。美羽はダイニングテーブルの椅子に腰掛け、レオが食べる様を見守った。

　２ＬＤＫの間取りのマンションはひとり暮らしには広すぎるぐらいだった。だが、こうしてレオと暮らしはじめるとちょうどいい。美羽が留守にしている間も、レオは部屋の中を自由に歩き回ることができる。

　器はあっという間に空《から》になった。

「ちょっと休んでてね」

　器を洗うと、美羽はレオに言い残してバスルームに向かった。ゆっくりシャワーを浴びると、小一時間が経過している。

　食後すぐには散歩させないこと――レオが退院する日、獣医が犬を飼うための初歩的なことをいろいろと教えてくれた。ドッグフードは胃の中で膨らむ。その最中に激しい運動などをすると、胃捻転《いねんてん》を起こす確率が高くなるのだそうだ。

「もうお腹はこなれたね。散歩に行こうか」

　レオはバスルームのドアの前で待っていた。美羽がシャワーを浴びた後は散歩だということがわかっている。

「レオは利口だね」

　レオにカラーとリードをつけ、美羽はスニーカーを履いた。

「今日は遠出しようか」

　マンションを出ると、駐車場へ向かう。車を見ると、レオがかすかに唸《うな》った。怒っているのではなく、興奮しているのだということが最近わかってきた。

レオを後部座席に乗せ、車を発進させた。夜明け前の大津《おおつ》市内は、人はもちろん車の通行もほとんどない。

美羽は制限速度を超えるスピードで車を走らせた。

車が好きだった。運転するのも、ただ、座っているのも。この軽自動車はいわゆる個室だ。車に乗り込んで鍵をかければ、だれにも煩《わずら》わされずに済む。

時間を見つけてはひとりでドライブに行くのが美羽の唯一の気晴らしだった。

「でも、今はおまえが気晴らしだね、レオ」

美羽は後部座席のレオに声をかけた。レオは一点を見つめている。車の進行方向——今は西だ。北へ向かえば左を向き、南へ向かえば右を向く。東に向かうと真後ろを見つめる。

レオがなにを求めているのか、美羽にはさっぱりわからなかった。

「湖東《ことう》の方に行ってみようか。この時期のこの時間なら、きっとだれもいないよ。遊び放題なんだから」

美羽が声をかけても、レオは反応を見せない。ただじっとひとつの方向を見つめているだけだ。

交差点の信号が赤に変わった。美羽はブレーキをかけた。対向車がやってくる。ブルーのハスラーだった。

「車、買い換えないと……」

ハスラーを見つめながら呟《つぶや》いた。美羽がステアリングを握っているのは一年前に新車で購入したものだ。走行距離もまだ五千キロそこそこに過ぎない。

それでも、早く手放したくてしょうがなかった。

信号が青に変わった。アクセルを踏むと、アイドリングストップしていたエンジンが息を吹き返し、車が動きだす。

「ハスラーか……軽は飽きたかな。買い換えるならなんにしよう」

車に乗るのは好きだが、車種にこだわりはなかった。燃費がよければなんでもいい。今度、奈々恵《ななえ》に相談してみようと思う。

奈々恵は車好きが高じて、月に一度、鈴鹿《すずか》まで出かけてサーキット走行を楽しんでいる。美羽と同じ仕事をしているのは、車の改造費を捻出《ねんしゅつ》するためだ。

道は琵琶湖《びわこ》に突き当たると北へ向かって延びている。レオは左を向き、窓の外に顔を向けた。しばらく北上すると、湖岸にヨットの停泊するマリーナが見えてくる。その先の交差点を右折し、突き当たりを左に曲がると、公園と水泳場が併設された施設がある。目的地はそこだ。夏は湖水浴客で賑わうが、シーズンが終われば訪れる人もまれだった。

車の進行方向が変わるたびに、レオも向きを変えた。

「なにかを探してるの?」

訊いてみたが、答えが返ってくるはずもない。美羽は溜息を漏らし、カーオーディオのスイッチを入れた。晴哉《はるや》のお気に入りの曲が流れてきた。

スキップしても、シャッフルに替えてみても、流れてくるのは晴哉の好きな曲ばかりだ。

「まったくもう」

美羽は唇をねじ曲げ、オーディオを消した。窓を開けた。身震いするほど冷たい風が流れ込んでくる。

「ああ、気分がいい」

叫んだ。

ルームミラーに映るレオの視線が美羽に移る。

「あんたも気持ちがいいでしょ？　犬は寒いのが好きなんだよね」

風に流されまいと声を張り上げる。レオの尾が揺れた。

「ねえ、レオ、あんたが代わりになんか歌ってよ」

美羽は言葉を切ると、遠吠えの鳴き真似をした。レオが首を傾《かし》げた。

「似てない？　全然だめ？」

困ったような顔をして首を傾げるレオの姿がおかしくて、美羽は笑った。

突然、レオが吠えた。遠吠えだ。

美羽は笑うのをやめてレオの遠吠えに耳を傾けた。

長く尾を引く遠吠えは力強くもあり、どこかもの悲しげでもあった。

「だれかを呼んでるの？　仲間？　飼い主？」

美羽は訊いた。レオは答えず、遠吠えを繰り返した。

＊＊＊

「馬鹿だね、わたし」

美羽は湖を見つめながら呆然《ぼうぜん》と呟いた。透き通った湖面は、東の空にのぼった太陽の光を受けてきらきらと輝いている。

足下では思う存分砂浜を駆け回ったレオが、舌をだらんと伸ばして忙《せわ》しない呼吸を繰り返していた。

「朝日って東からのぼるんだよね。湖からの日の出を見たかったら、反対側の湖西《こせい》に行かなきゃだめなんだ」

琵琶湖の東側は夕日を見るには適しているのだろうが、朝日は話にならなかった。

「昔からそうなんだ、わたし。どっか抜けてるの。頭が悪いんだよね」

美羽はその場にしゃがみ、レオの頭を優しく撫《な》でた。

「もう、脚、全然平気みたいだね」

怪我をしていたレオの後ろ脚にも触れてみる。退院したばかりの頃は歩くときに後ろ脚を引きずっていたが、今ではそんな様子もなくなった。傷口の周辺の刈られた毛も生えそろってきている。

「本当にびっくりしたし怖かったんだよ、あんたを見つけたときは」

美羽はくすりと笑った。

「でも知ってるんだ。あんた、賢いけどわたしと似ててちょっと抜けてるよね。山で怪我したのに林道までなんとか出てきたのは、あそこで待ってればだれか人間が通ると思ったんでしょ？」

顔を向けるとレオが鼻の頭を舐めた。

「あ、照れ隠ししてる。確かにあんたは賢いけど、今の時期、あんな時間にあんな林道通る人なんていないよ。わたしが通ってよかったよね。それとも、わたしがあそこを通るってわかってた？」

あの林道に脇道はないし、山の中腹で行き止まりになっている。通り過ぎた車は必ず戻ってくることになる。

「まさかね」

美羽は首を振り、今度はレオの背中を撫でた。

ダウンジャケットのポケットに入れておいたスマホから着信音が流れた。手袋を脱ぐと、かすかに濡れた手の甲が風に当たる。急速に体温が奪われていくのを感じた。

今年は暖冬だそうだが、冬は冬だ。日中は暖かくても、朝晩はそれなりに冷える。

ポケットからスマホを取り出した。電話をかけてきたのは木村《きむら》だった。

晴哉の兄貴分のような男だ。優男《やさおとこ》で見栄《みば》えがよく、女にはもてる。だが、腹の中は真っ黒だ。

美羽は電話には出ず、スマホの電源を落とした。

「寒くなってきたね」

パンツの裾《すそ》についた砂を払いながら腰を上げた。

「車に戻ろう」

レオのカラーにリードを繋いだ。レオはされるがままになっている。もっと遊びたいと駄々をこねることはない。いつも聞き分けがよく、美羽に従ってくれる。

ネットで犬の躾《しつ》け方を勉強したが、そんな必要はまったくなかった。拍子抜けしたぐらいだ。

レオと一緒に車の後部座席に乗り込んだ。コンビニで買っておいたミネラルウォーターの栓を開け、レオの水用の器に入れてやる。レオはあっという間に水を飲み干した。

美羽も水を口に含んだ。

「一緒に寝よう」

後部座席に体を横たえると、レオがお腹の上に乗ってきた。重みより、レオのぬくもりを感じる喜びの方が勝った。

部屋にいると、木村が押しかけてくるかもしれない。晴哉が姿を消して半月になるのだ。晴哉は木村から金を借りているはずだ。

ここで車の中にいればだれかに煩わされることもない。

美羽は目を閉じた。レオの体温と、射し込んでくる朝日のおかげで寒さを感じることはなかった。

3

ラブホを出ると駐車場へ向かった。美羽が所属しているデートクラブはスタッフによる送迎はやっていなかった。美羽のようにクラブと契約している女は、スマホで教えられたラブホに自分で行き、金を受け取り、また自分で帰るのだ。

自分の取り分を除いた金を後日、集金に来る男に渡す。

時々、金を持って逃げだそうかと思うこともあるが、実際に金を持ち逃げした女の末路を聞くと、リスクを冒す価値がないことに気づく。

一晩につく客は多くて三人。近くに雄琴《おごと》というソープランド街があるから、手っ取り早くすませたい客はそちらへ足を向ける。ソープは味気ないという連中が、美羽のデートクラブに電話をかけてくる。

集金が来るのは週に一度だが、その間に入ってくる金などたかがしれている。

美羽はスマホを手に取った。深夜を過ぎている。今日はもう上がりたい。どうせ、客はいないだろう。年末でだれもが忙しなく、出ていくものが多くて、懐《ふところ》具合は火の車だ。

コインパーキングが見えてきた。美羽はバッグの中から財布を取り出そうとして、足を止めた。美羽の車のボンネットにだれかが寄りかかっている。

スマホを握り直した。送り迎えはないが、緊急時用の男が数人、常に待機所に控えている。客との間にトラブルが発生したときは、電話一本で駆けつけてくれる手はずになっていた。

美羽は目をこらした。街灯の光でシルエットになって男の姿形はわからない。どうやら煙草をふかしているようだった。

「よう、美羽。久しぶりだな」

シルエットが美羽の方を向いた。その背格好で相手が木村だということがわかった。美羽は溜息を押し殺した。

「なんの用？」

ぶっきらぼうに言う。

「おまえが電話に出ないからよ、こうやってわざわざ出向いてきたんじゃないか」

木村は煙草を投げ捨て、靴の裏で踏みにじった。

「夜は忙しいし、昼間は寝てるの」

近づくにつれ、木村の表情がはっきりしてくる。いつものように、嘘くさい笑みが端整な顔に張りついていた。

「晴哉と連絡が取れねえんだよ。もう、半月になる」

「わたしが稼いだお金を持って出ていったきり。どうせまた、旅打ちにでも行ってるんじゃないの」

美羽は答えた。パチンコや麻雀はもちろん、競馬に競輪、競艇と、晴哉はギャンブルならなんにでも手を出した。大津にはボートレース場があり、今はなくなってしまったが競輪場もあった。京都や宝塚に足を伸ばせば競馬場もある。晴哉のような人間がたくさんいても不思議ではなかった。

晴哉は旅打ちと称して全国の競馬場や競輪場をまわり、一月《ひとつき》近く戻ってこないこともざらだった。

要するに金の続く間は遊びほうけ、金がつきたら美羽の元へ帰ってくるのだ。新たな金をたかるために。

「旅打ちに出てたって連絡はついたぜ。今までは」

「わたしにそんなこと言われても困る」

木村が新しい煙草をくわえた。

「あいつには金を貸してるんだ」

予想通りの言葉だった。

「そうなんだ」

美羽はわざと素っ気ない言葉を発した。

「ちょっと入り用でな。すぐに返してもらいたい」

「晴哉に言ってよ」

「連絡がつかないからここに来たんだろう。おまえ、晴哉の女だろうが。晴哉に代わって金、立て替えろよ」

「冗談言わないでよ。体売って稼いだお金、晴哉に根こそぎ持っていかれてこっちだって大変なんだから」

美羽は木村の脇を通り過ぎ、車に乗り込もうとした。左腕を摑《つか》まれた。

「逃げるなよ。まだ話は終わってねえ」

「今、わたしになにかしたら、大園《おおぞの》さんが黙ってないわよ」

美羽はデートクラブの経営者の名を口にした。大園は青竜会《せいりゅうかい》の若頭《わかがしら》の舎弟《しゃてい》だった。

「乱暴な真似はしねえよ。ただ、話をしたいだけだ」

「立て替えたくたって、お金がないって言ってるでしょう。ここのところ、仕事も少ないのよ。常連も、若い女の子に流れていってるし」

美羽は二十四歳だった。世間的には若い女で通じるが、この世界ではもう年増《としま》だ。金で女を買う男たちは二十歳そこそこの女たちに群がっていく。

「こんなしけた街で働いてるからそうなるんだよ。おまえ、京都か大阪に行かないか。ああいう都会に行けば、おまえだって売れっ子に戻れるさ」

「そういう話は別の女にして」

美羽は木村の手を振りほどき、駐車料金を払った。木村はそれ以上しつこく迫ってくることもない。

「とにかくよ、金、返してもらわないと困るんだ。晴哉に、おれに電話するよう言ってくれよ」

「わたしも連絡が取れないの。どうせ、競馬か競輪で儲《もう》けた金で遊びほうけてるのよ。金がなくなったら帰ってくる」

「だから、金がある内にあいつを捕まえたいんだって」

「わたしに言われても困る」

美羽は車に乗り込んだ。ドアを閉め、エンジンをかける。木村は車の脇に立って煙草をふかしながら、じっと美羽を見つめていた。

「晴哉からおれに乗り換えろよ。いい思いさせてやるぞ」

木村が言った。

「死ね」

美羽は小声で吐き捨て、ギアをドライブに入れた。木村が短くなった煙草を指で弾《はじ》いた。煙草はフロントガラスに当たって火花を散らした。

乱暴に車を出した。木村が大げさによけた。顔に張りついたままの薄笑いが腹立たしい。

今夜の客は変態的なプレイを要求してくるゲスだった。ただでさえ神経がささくれ立っているのに、木村のおかげで苛立《いらだ》ちが増していく。

大通りに出る手前の交差点で信号が赤になった。ブレーキを踏むと、エンジンが停まる。

美羽はブレーキペダルを足で強く踏んだまま目を閉じた。

レオの顔を思い浮かべる。

「助けて、レオ。また、わたしを清めて」

頭に浮かんだレオに祈った。レオは人を見透《みす》かすような目を美羽に向けるだけだった。

＊＊＊

美羽は用心してマンションに近づいた。木村が先回りしている可能性は否定できない。それぐらい粘着質な男だった。

心配は杞憂《きゆう》だった。木村の姿はなく、美羽はほっとしてマンションに入った。エレベーターで六階に上がり、ドアの鍵を開ける。

いつも、ドアの前で待ち構えているレオの姿がなかった。

「レオ？」

靴を脱ぎながら声をかけたが、レオは姿を見せない。

「どうしたの、レオ？」

不安が胸をよぎり、美羽はバッグを放り出して部屋の奥へ向かった。レオがリビングダイニングの真ん中辺りで伏せっていた。周りに汚物が散らばっている。どうやら、胃の中のものを吐いたらしい。

「レオ、どうしたの？　なにがあったの」

汚れるのもかまわず、レオを抱え上げた。レオは美羽の腕の中でぐったりしていた。

「嘘。やめて。レオ、しっかりしてよ」

レオが目を開けた。頭を持ち上げ、美羽の頰をぺろりと舐めた。その舌にもいつもの力強さが感じられない。

「病院に行くからね、レオ。しっかりして」

レオを抱いたまま立ち上がり、玄関に向かった。鍵もかけずに部屋を出た。エレベーターが一階に到着するまでの時間が永遠に等しく感じられる。

車まで走り、レオを後部座席に横たえた。

「なんなのよ、もう」

美羽は車を飛ばした。レオを見つけた夜に駆け込んだ夜間緊急外来がある動物病院へ急いだ。途中、病院に電話をかけ、レオの容体を告げた。病院側は到着したらすぐに診察できるよう待機していると言ってくれた。

「レオ、頑張ってよ。死んじゃだめだよ」

不安と恐怖に胸が締めつけられる。ほんの短い間暮らしただけなのに、レオは美羽にとってなくてはならない存在になっていた。レオのいない生活など考えられない。

動物病院には十分で着いた。昼間なら優に三十分はかかる。スピード違反を見つからなかったのは僥倖《ぎょうこう》だった。

病院では電話で話したとおり、獣医と看護師が待機していた。駐車場に停めた車までストレッチャーを運び、レオを乗せて処置室へ運んだ。途中、美羽は獣医に詳しい状況を説明した。

「呼吸は苦しそうだが、吐き気はなさそうだな」

レオの脈を診《み》た獣医が言った。

「まず、血液検査をします。検査結果によってはレントゲンを撮ったり、あるいはＭＲＩなんてことになるかもしれません」

「なんでもしてください」

美羽は祈るように言った。

待合室で待たされている間も美羽は祈り続けた。

神様、お願いです。レオを助けてください。わたしからレオを奪わないで。

物心ついてから、神に祈ったことなどなかった。そもそも、神を信じたこともない。だが、今は信じていない神様にも縋《すが》りたかった。

処置室から獣医が出てきた。美羽はソファから腰を上げ、獣医に駆け寄った。獣医は手に紙を持っている。

「急性腎不全ですね」

獣医の言葉が胸に突き刺さった。獣医は手にしていた紙を美羽に見せた。血液検査の結果が記されている。

尿素がどうのと獣医は言ったが、言葉は美羽の耳を素通りした。

腎不全ってやばいんじゃないの？

頭の中を同じ思いが駆け回る。

「須貝さん？」

名字を繰り返し呼ばれて、美羽は我に返った。

「は、はい」

「最近、水を飲む量が異常に増えたりしていませんでしたか」

美羽はうなずいた。そういえば、ここ数日、これまでの倍以上の水を飲むようになっていた。

「血液検査だけじゃ原因はわからないんですが、おそらく、ウイルスかなにかが原因だと思います」

「ウイルスですか？」

「この子、山の中をうろつきまわっていたと思うんですよね。すると、マダニに噛まれたりすることもあるんです。そのマダニが媒介したウイルスじゃないかなあ。感染してからしばらく経ってから発症することもよくあるんですよ。そのウイルスと戦うために腎臓に負荷がかかって、尿素を排泄《はいせつ》するといった通常の働きができなくなってるんです」

「治るんですか？」

美羽は訊いた。できることなら、なんとしてでも助けてくださいと獣医にしがみつきたいぐらいだった。

「慢性ではなく急性ですから、念のため、一日入院させて様子を見ましょう。ステロイドで免疫を弱めて、毒素の排泄を促す薬を与えれば、一週間ぐらいで回復すると思いますよ」

「一週間で？」

美羽は自分の耳を疑った。

「ええ。傷の回復具合を見ても、この子は基礎体力がありそうですから、それぐらいか、あるいはもっと早く回復するんじゃないかな」

「ありがとうございます」

「元気になったらもう必要はないけど、心配なら、一週間後にもう一度血液検査をやってみましょう」

「はい。ありがとうございます。本当にありがとうございます」

獣医が苦笑した。

「須貝さんは、犬を飼うのは初めてでしたっけ？　元気だった犬がぐったりしたり、吐いたり、びっくりしたでしょうけど、早く連れてきてくれたから、それほど重症ってわけでもないんですよ。わたしがやるのは検査と薬の処方だけですから」

「それでもありがとうございます」

美羽は深々と頭を下げた。

＊＊＊

部屋に戻ると疲労を覚えた。空が白みはじめている。

シャワーを浴び、白ワインをグラスに一杯、ちびちびと飲んだ。

レオがいない。それだけで部屋が倍以上広くなったように感じられる。

寂しく、心細い。

寂しさを紛らわせようとワインをもう一杯、グラスに注いだ。

須貝さんは、犬を飼うのは初めてでしたっけ？

獣医の言葉を思い出す。自分で犬を飼ったことはない。だが、祖父が飼っていた犬のことはよく覚えている。

祖父は福井県との県境に近い里山で農家と猟師をやっていた。祖母が五十代という若さで他界してからは、ずっとひとり暮らしだ。だが、猟師という職業柄、祖父の家には必ず犬がいた。

美羽の父は須貝家の次男だ。名古屋の大学を卒業した後、祖父のことを案じて大津に仕事を見つけ、そこに腰を据えた。長男は東京で仕事に就き、姉は大阪の家に嫁いでいってしまった。祖父のそばにだれかがいるべきだと考えたらしい。

とはいえ、父も仕事に忙殺された。祖父の顔を見に行くのは年に数度。お盆と正月、それにゴールデンウィークぐらいのものだ。

祖父は気難しく口下手な老人だった。孫の美羽に話しかけてくることも笑顔を見せることもまれで、美羽は祖父が怖かった。

だが、その気難しい顔も、当時飼っていた紀州犬のヤマトに言葉をかけるときはほぐれていた。

幼い美羽は、ヤマトは魔法をかける力があるのだと思い込んだ。ヤマトは怖い祖父を笑わせて怖くなくする魔法の力を持っているのだと。

祖父の家に行くと、美羽は必ずヤマトのそばにいるようになった。そうすると、祖父の笑顔が見られるからだ。それに、ヤマトに触れていると温かかった。ヤマトは美羽にも優しかった。

ヤマトが死んだと聞かされたのは小学校の三年生のときだ。

美羽はヤマトと祖父のために一晩中泣き明かした。

祖父はヤマトの死を契機に、猟師をやめた。年を取ったということもあるのだろう。

以来、美羽の周りに犬がいたことはなかった。

白ワインを啜《すす》る。

祖父とヤマトのことを思い出したのはいつ以来だろう。

「お爺ちゃんとヤマトに会いたいな」

美羽は呟いた。

レオはヤマトに似ていると思う。

ヤマトが祖父にそうしたように、レオも美羽の心を温め、笑顔にする魔法の力を持っているのだ。

「寂しいよ、レオ」

美羽はグラスをテーブルに置くと、這《は》うようにベッドへ移動し、布団に潜《もぐ》り込んだ。

いつもはレオが温めてくれている布団が、悲しいぐらいに冷たかった。

4

「そっちじゃないでしょ、レオ」

いつもの散歩コースから外れようとするレオを叱った。レオは素直に従い、美羽の横について歩きはじめる。

美羽は溜息を押し殺した。

最近、レオが勝手に路地を曲がろうとすることが増えている。北へ向かって歩いているときは左へ行こうとし、南に向かって歩くと右へ曲がろうとする。

車に乗っているときと同じだ。

レオは西へ向かいたがっている。美羽はそう確信した。

山をさまよい、猪と戦って大怪我を負ったのも、西へ向かう途中のことだったに違いない。西になにがあるというのだろうか。

はぐれてしまった飼い主がいる？

まさか。いくらなんでもそれはないだろう。レオの飼い主は岩手にいたのだ。

一度は否定してみるが、レオならあるいはとも思う。飼い主は岩手からどこかへ引っ越したのかもしれない。

昔、テレビのニュースかなにかで数百キロだか数千キロを移動して飼い主と再会したという犬の話題が取り上げられたことがある。

犬には人間には及びもつかない不思議な力が備わっているのかもしれない。

「飼い主に会いたいの？」

美羽はレオに語りかけた。聞こえているはずだが、レオはなんの反応も見せず、美羽のスピードに合わせて歩くだけだ。

「わたしと一緒にいても楽しくないの？　幸せじゃないの？」

レオが足を止めた。ゆっくりと顔を上げる。思慮深そうな目が美羽を捉えている。引き込まれてしまいそうな漆黒の目の奥には、しかし、問いかけへの答えは見つからなかった。

「ごめん。変なこと言っちゃったね」

美羽はまた歩きはじめた。

投薬のおかげでレオはすっかり回復した。血液の再検査の結果も上々で、症状がぶり返すこともないだろうと獣医が太鼓判を押してくれた。

体調が回復するのに合わせて、夜明け前の散歩も再開した。

仕事を終えて帰宅すると、レオに食事を与え、シャワーを浴びる。それから、散歩だ。シャワーで火照った体に冬の空気が気持ちよく、つい、歩く距離が伸びてしまう。

長い距離を毎日歩いているおかげか、美羽の体調も上向いていた。

レオと出会うまでは、体に染みついた男たちの匂いがいやでたまらず、浴びるように酒を飲まねば眠れなかった。

今は酒量も減っている。帰宅するたびに手を舐めてくれるレオが、美羽の汚れを清めてくれているのだ。

幹線道路に出た。右に折れ、広くなった歩道をしばらく歩く。次の交差点をまた右に曲がれば小さな商店街だ。それを突っ切れば、住宅街の細い道を歩くことになる。

幹線道路を走っていた車が前方でUターンをした。ホンダのスポーツカーだ。足回りやエンジンをいじっているのだろう。エンジン音が異様に大きかった。

スポーツカーが美羽たちの脇に止まった。

「よう。犬っころなんて、いつから飼いはじめたんだ」

助手席側の窓が開き、木村が顔を見せた。

「ついこの前」

美羽はつっけんどんに答えた。

「晴哉は動物が嫌いじゃなかったか？　戻ってきたら大事《おおごと》になるんじゃないか」

「犬を飼わせてくれないなら仕事辞めるって言ったら、あっさりＯＫしてくれたわ」

美羽の嘘に木村が笑った。

「そりゃＯＫするしかないな。で、いつ、晴哉と話したんだ？」

「旅打ちに行く前よ」

「もう一ヶ月になるぜ」

「珍しく勝ってるんじゃない？　お金がなくならない限り、戻ってこないよ」

「逆に言えば、金がなくなりゃ、すぐにおまえんとこに戻ってくる。晴哉には博才《ばくさい》がねえから、一ヶ月も勝ち続けるなんてあり得ねえ」

「一生に一度の幸運に恵まれてるのかも。行こう」

美羽はレオに声をかけ、歩き出した。

「晴哉は美羽に殺されたんじゃねえかって噂してるやつらがいるぜ」

木村の声に足が止まった。

「同じデートクラブで働いてる女に、殺してやりたいって言ったことがあるんだろう。確かに、晴哉はクズだからな。おまえに殺されても仕方がねえ。そう言ってるやつらもいる」

「殺したいって口にするのと本当に殺すのは話が違うでしょ」

美羽は振り返った。心臓がでたらめに脈を打っている。

レオが牙を見せて唸った。

「こないだよ、駐車場で会った夜。おまえがなかなか戻ってこないんで、暇つぶしに外から車の中見せてもらったんだよ。荷室にブルーシートが積んであった。端っこに染《し》みみたいのがついてたけど、あれ、晴哉の血じゃねえのか？」

体が震えそうになるのを懸命にこらえた。木村はカマをかけているのだ。それに乗ってはいけない。

あのブルーシートはすぐに処分するべきだった。レオと暮らすことになり、慌ただしく過ごしている間、車の中に入れたままにしておいたのだ。

「警察に行ってみようか？　友人の森口《もりぐち》晴哉君が一ヶ月前から行方不明になってますって。どうする、美羽？」

「好きにすれば」

「晴哉に貸した五十万、耳をそろえて返してくれれば、ブルーシートのこと、忘れてやってもいいんだぜ」

「忘れなくてもいいよ、別に」

「どっかの山奥に埋められてると思います、なんて言ったら、警察はすぐに死体を見つけるかな」

美羽は頭を振った。リードを引いて唸り続けているレオの注意をそらした。

「明後日《あさって》まで待ってやるよ。五十万。頼んだぜ」

木村の顔が消えた。スポーツカーのエンジンが激しい音を出す。

レオが吠えた。

スポーツカーは排気ガスをまき散らしながら走り去っていった。

「レオ、やめて」

レオは吠え続けている。

「やめてってば」

美羽は乱暴にリードを引っ張った。レオが吠えるのをやめた。困惑した目つきで美羽を見上げる。

美羽を守ってやろうとしてるのに、どうして止めるのさ?

そう言っているような目つきだ。

「ごめんね」

美羽はその場にしゃがみ込み、レオを抱きしめた。

木村と話している間はこらえていたものが決壊した。体の震えが止まらない。

「どうしよう? レオ、わたし、どうしよう?」

レオは尾を振り、美羽の頬を舐めた。

慰めてくれているのだと思うと、涙が溢れてきた。

「ありがとう、レオ。大好きだよ、レオ」

レオの温かさが震えを止めてくれる。レオの優しさが胸に突き刺さる。

「あんたたちの魔法って、人を笑顔にするだけじゃないんだね。そばにいるだけで、人に勇気と愛をくれるんだ」

祖父もヤマトに勇気と愛をもらっていたのだ。山深い里でのひとり暮らしも、ヤマトがいたから平気だったのだ。

ヤマトが死んだ後、祖父は目に見えて衰えていった。

美羽の父が、また犬を飼えばいいと言っても、頑《がん》として受け入れなかった。

おれが死んだら、残された犬はどうなるんだ。おまえが面倒を見てくれるのか。

そう言い返されて、父は口をつぐんだ。父は面倒を見たくても、母がそれをゆるさなかっただろう。

母は動物が好きではなかった。父は仕事で家を空けることが多かった。引き取った犬の面倒を見るのは、結局は母だということになる。

ヤマトが死んだ五年後、祖父は家で倒れているところを発見された。見つけたのは宅配業者だということだった。祖父は病院に運ばれたが、すでに息はしていなかった。

もし、祖父がヤマトの次に犬を飼っていたら、その犬はどうなっていたのだろうか。

悪寒が美羽の背中に張りついた。

「わたしがいなくなったら、おまえはどうなるの、レオ?」

レオから体を離し、目を覗きこむ。

レオは美羽の視線を受け止め、真っ直ぐ見返してくるだけだった。

＊＊＊

前借りを申し入れると、店長の柳田《やなぎだ》は渋い顔をした。美羽が一生懸命働いて必ず返すと誓うと、十万円の束を五つ、渡してくれた。

「おまえは従業員だから、利子は取らない。だが、返せなかったら、雄琴に行ってもらうぞ」

ソープで働けという意味だ。美羽はうなずき、金をバッグに入れた。

そこにちょうど電話がかかってきた。美羽の常連の客からだった。

事務所を出て客が待つラブホに向かった。

電話をかけてきた男は上客だ。無茶な要求はしてこないし、金払いもいい。懐に余裕のあるときは余分にチップをくれることもある。

早漏《そうろう》気味の客で、フェラチオをするとすぐに射精してしまうからしなくていいと言ってくれる。

そういう客は楽だと思い、頭を振る。

体を売るぐらいなら手コキやフェラの方がよっぽどましだと考える風俗嬢は大勢いる。

だが、自分はあそこに突っ込まれることより、フェラをしなくて済むことに安堵《あんど》を覚えている。やられることが前提なのだ。それ以外の煩わしさはなければないほどいい。

ドアをノックすると客が笑顔で招き入れてくれた。シャワーを浴び、バスタオルを巻いただけの姿でベッドに横たわる。

客がのしかかってきてタオルをはだけ、胸や股間をまさぐりはじめる。美羽は男の陰茎に手を伸ばした。それはすでにいきり立っている。

優しく陰茎をしごきながら目を閉じる。心を別の場所に飛ばす。体と心を切り離すのだ。そうやって、おぞましい現実から目を背《そむ》ける。

問題は、心がどこに飛んでいくのか、自分でコントロールできないことだ。たった一時間前に飛ぶこともあれば、幼かった日に飛ぶこともある。

今日、心が飛んだのはあの日だった。

晴哉の友人から電話がかかってきた。競馬で大穴を取ったんだったら、貸している金を返せ。そんな内容だった。美羽は黙って電話を切り、晴哉の競馬仲間に電話をかけた。

晴哉が大穴を当てたって本当？

本当だった。晴哉は日曜の阪神で行われた競馬で、十万円近くついた三連単の馬券を千円買っていた。およそ百万円の払い戻しだ。

晴哉とは一昨日顔を合わせた。機嫌がよかったのでギャンブルで小銭を儲けたのだろうとは思ったが、まさか百万もの金を懐に入れたとは予想外のことだった。

競馬で儲けたら返すよ――なんど晴哉の口からその台詞《せりふ》が出てきたことだろう。

ギャンブルの借金を返すためにと晴哉に泣きつかれ、いやいや風俗嬢になった。

風俗で金を稼ぐと、晴哉はますますギャンブルにのめり込むようになり、借金の額も嵩《かさ》んだ。

そのたびに、店を移り、結局は体を売ることになった。

そうまでして尽くしているのに、競馬で儲けたことは内緒にするのだ。

百万を返してほしいわけではない。せめて、旅行に連れて行ってくれるとか、美味しいものをご馳走してくれるといった感謝の印を見せてくれてもいいのではないか。

はらわたが煮えくりかえるような怒りに襲われた。

そのまま部屋にいると、爆発してしまいそうだった。車に乗ってあてどのないドライブに出た。琵琶湖を一周して大津に戻った。日はとっぷりと暮れていた。デートクラブには体調が悪いと嘘をついて休みをもらっていた。

街の中心部に近い大きな交差点で赤信号に引っかかったとき、奥の角のステーキハウスのガラス越しに晴哉の姿を見つけた。

晴哉はステーキを頬張り、赤ワインを飲んでいた。晴哉の向かいの席に座っているのは見ず知らずの若い女だった。

なにかが頭の奥で弾けた。

ステーキに赤ワイン？

わたしなんて、焼き肉だって奢《おご》ってもらったことがないのに。

結局、晴哉にとって美羽は、金を稼ぎ、やりたいときにやらせてくれる女でしかなかった。

あんな男のために、この体を切り売りしてきたのだ。

もう終わりにしよう。晴哉に振り回される生活にはうんざりだ。

ホームセンターでナイフ、ロープ、ブルーシート、スコップを買った。別の店で超特大のスーツケースも手に入れた。

具体的な計画があったわけではない。漫然と、自分がすべきと思うことをやっただけだ。

晴哉は翌朝、帰宅した。昨夜はなにをしていたのかと訊いても、麻雀をしていたと平然と嘘をついた。

負けが嵩んじゃってよ、美羽、悪いけど、また金貸してくれね？

その言葉を耳にした瞬間、腹が決まった。

ナイフを持ち、背中を向ける晴哉に無造作に近づき、刺した。

何度も刺した。

動かなくなった晴哉の衣服を切り裂き、ゴミ袋に詰めた。苦労して晴哉をバスルームに運び、血が排水管に流れていくのを眺めた。血が出なくなるのを確認してリビングダイニングに戻り、血で汚れた床や壁を丹念に掃除した。

晴哉をスーツケースに押し込み、シャワーを浴びた。バスルームの汚れも丁寧に洗い流した。

夜になるのを待って、スーツケースを車に運び込んだ。万が一、血が流れ出たときのために、荷室にブルーシートを敷いた。スコップと血を洗い流したナイフも荷室に放り込んだ。

祖父が暮らしていた里山にほど近い山に向かった。昔、祖父と一緒に登ったことのある山だ。

途中までは車が走れる林道があるが、その先は木や藪《やぶ》をかき分けて登らなければならない。

こんな山まで来るのは猟師ぐらいのものだが、最近はその猟師もいなくなった。

登りながら祖父が呟いた言葉を思い出したのだ。あそこに埋めれば、死体が見つかることはないだろう。

交通規則を守り、車を走らせた。対向車とすれ違うたびに胸が鳴った。遠くにパトカーの赤色灯を見つけたときにはこれで終わりだと観念した。

だが、パトカーが近づいてくることはなく、途中でトラブルに見舞われることもなかった。汗を掻《か》き、泥まみれになりながら山の中腹に穴を掘り、その中にスーツケースとナイフを捨てた。穴を埋め終わったときにはくたくただった。

早く家に戻ってシャワーを浴び、ぐっすり眠りたい。目覚めたら、この街を出るのだ。晴哉はあちこちに借金をしている。晴哉が姿を消したら、借金取りは美羽のところに押し寄せるだろう。美羽が晴哉の女だということを知らない人間はいないのだ。

どこへ行こうか。沖縄もいい、北海道でもいい。美羽のフェラは評判がよかった。どこに行っても、口で稼ぐことができるだろう。それがだめなら、また体を売ればいいのだ。

そんなことを考えながら林道を下っているときに、レオと出会ったのだ。

なにもあの夜のあんな場所じゃなくてもよかったのに。

レオと暮らしはじめてから何度もそう思った。

だが、時間は巻き戻せない。美羽とレオは出会うべくして出会ったのだ。

＊＊＊

荒い息づかいに我に返った。

目を開けると、客が美羽に覆い被《かぶ》さり、腰を振っていた。

その顔に晴哉の顔が重なった。

「いやっ」

美羽は反射的に客を押しのけた。客はベッドの下まで転がって大の字になった。コンドームをつけた陰茎がそそり立っている。

「い、いきなりなにをするんだ」

客の顔が怒りに歪《ゆが》んだ。怒ったときの晴哉にそっくりだった。

美羽は男の顔を蹴った。向こうずねに激しい痛みが走った。

部屋の隅に置かれていたテーブルの上に、ウイスキーのボトルがあった。客が飲んでいたものだ。

美羽はボトルを逆手に持ち、顔を押さえて呻《うめ》いている客の頭に叩きつけた。

客は床に突っ伏し、動かなくなった。

急いで服を着た。

人と顔を合わせないように気を遣いながらラブホを後にした。

車に乗り込むと、激しく噎《む》せた。

死んでしまっただろうか？　死んでいないにせよ、客はクラブに苦情を訴えるだろう。五十万という金を借りたばかりなのに、この体《てい》たらくだ。

店長たちは怒り、美羽は酷い目に遭わされる。

「逃げなきゃ」

エンジンをかけながら美羽は呟いた。

でも、レオはどうするの？

頭の奥に潜んでいる別の自分が訊いてきた。

どうしようかと思い悩んでいると、祖父の顔が唐突に脳裏に浮かんだ。

おれが死んだら、残された犬はどうなるんだ？

祖父が口を開いた。

おまえが刑務所に入ったら、残されたレオはどうなるんだ？

祖父はじっと美羽を見つめていた。その目はレオにそっくりだった。

美羽はステアリングの上に顔を伏せ、声を上げて泣いた。

5

レオは相変わらず西の方を向いている。

美羽は唇を嚙んだままステアリングを操った。

助手席に放り出してあるスマホにメッセージが届く。どうせ、木村からだ。内容は判で押したように同じだ。

金はどうなってる？

美羽は鼻を鳴らした。

「刑務所まで取り立てに来る？」

今度は電話がかかってきた。店長からだ。あの客が死んだというニュースはどれだけ探しても見つからなかったし、借りた金は事務所の郵便受けに入れておいた。

わざわざ電話に出て怒鳴りつけられるのは割に合わない。

標識が滋賀から京都に入ったことを告げていた。車の燃料計は、残りのガソリン量がわずかだと示している。

できるだけ西へ向かい、ガソリンが切れたらそこで警察署を探し、自首するつもりだった。

「警察に行く前に……」

美羽は呟く。

西へ、西へ。

レオが西へ行きたがっている。目的地はわからないが、できるだけ近くまで連れて行ってやろう。

国道を外れ、山間を走る道に入った。

まだ京都市内だと思うが、辺りは森や山ばかりだ。国道と違って交通量も少ない。

美羽は目についたコンビニで車を停めた。水とドッグフードを買い求めると、再び車を走らせる。

燃料計の警告ランプが明滅しはじめたのは京丹波町《きょうたんばちょう》に入ったあたりだった。狭い道が里山と里山を繋ぐだけで、山々の間の狭いエリアに田んぼや畑がひしめいている。

美羽は一本の林道に車を乗り入れた。近隣の山の森はすでに紅葉も終わり、もの悲しい雰囲気をまとっている。

十分ほど林道を進んだところで車を停めた。用意しておいた器に、コンビニで買ったドッグフードを盛る。器を手に車を降りた。

荷室のドアを開けるとレオが飛び降りた。

「お食べ」

美羽は言った。

「最初に会ったとき、ガリガリに痩せてたでしょ？　獲物をとるのって大変なんだよね。だから、今のうちにたくさんお食べ」

器はすぐに空になった。美羽はドッグフードを足してやった。それもまた、瞬く間にレオの胃に収まっていく。

食べ終わると、レオは美羽を見上げた。

「もう満足？　水が飲みたい？　ちょっとだけだよ。たくさん飲むと、胃捻転になっちゃうかもしれないからね」

ペットボトルの栓を開け、傾ける。落ちてくる水を、レオは器用に飲んだ。水が半分ほどに減ったところで美羽は栓を閉めた。

「それから、これね」

美羽はポケットからお守り袋を取り出した。中には折りたたんだ手書きのメモを入れてある。

『この子の名前は多聞。滋賀の山奥で、猪と戦って怪我をしているところをわたしが見つけました。

飼い主とはぐれ、その飼い主に会うために西へ向かっているんだと思います。もし、この子と出会う人がいたら、多聞が西へ、飼い主の元へ行けるよう、力を貸してあげてください。お願いします。多聞はとてもいい子です。一緒にいると、自分の家族にしたくなっちゃいます。でも、多聞には本当の家族がいるんです。絶対に、家族に会わせてあげたい。これを読んでいるあなたも、わたしと同じ気持ちになってくれたらいいんだけれど。

神様、多聞が優しい人と出会えますように。多聞が家族と再会できますように。

美羽』

美羽はお守り袋を簡単には外れないよう、レオの首輪にくくりつけた。

「レオ」

名前を呼ぶと、レオが体を押しつけてきた。

賢い犬だ。これが別れのときだと悟っている。

「おまえの家族はどんな人たちなんだろうね？　どうしてはぐれちゃったんだろう？　優しい人たちなんだよね？　おまえがこんなにも会いたがってるんだもん。わたしにも、そういう家族がいたらな」

美羽はレオを抱き寄せた。

晴哉と付き合うようになって、家族とは疎遠になった。母が晴哉のことを口汚く罵《ののし》るからだ。風俗で働くようになって、付き合いは完全に途絶えた。両親や弟の顔をまともに見ることができなくなったからだ。母が正しかったと認めるのも悔しかった。

テレビのニュースを見て、あの優しい父と母はどれだけ心を痛めるだろう。弟はなんと思うだろう。

家族の温もりを捨て、晴哉を選んだのは自分だ。晴哉の言うがままに墜《お》ちていったのも自分だ。晴哉を殺したのも自分に違いない。

自分で選んだ道を歩んでここにいる。

だれかを責めることはできない。

「おまえに会えてよかった。わたしのどん底の人生で、それが最高の出来事。おまえと一緒にいる間は本当に幸せだった」

レオが美羽の頬を舐めた。

ぼくも幸せだったよ——そう言ってくれたように思えた。

「本当に賢くて優しい子。ありがとう、レオ。絶対に家族と再会するんだよ。そして、もっともっと幸せになって」

美羽はレオの温もりの名残《なごり》を惜しみながら立ち上がった。

レオは美羽を見上げている。

「行っていいんだよ。行きなさい」

レオが身を翻《ひるがえ》した。森の奥へ駆け込んでいく。

「もう、猪と戦っちゃだめだよ」

遠ざかっていくレオの背中に最後の言葉をかけると、美羽は唇をきつく噛み、涙をこらえた。

老人と犬

1

弥一《やいち》はリモコンでテレビのチャンネルを変えながら湯飲みに入った焼酎を啜《すす》った。ろくな番組がないと顔をしかめながら鹿肉のジャーキーをしゃぶる。画面がＮＨＫのニュースになったところでリモコンをテーブルに置き、また焼酎を啜った。

総理大臣の顔が映っている。また、内閣のだれかがなにかをやらかしたらしい。

「品のない顔しやがって」

隣の県が地盤の総理に毒づき、湯飲みに焼酎を注いだ。焼酎を啜ろうとして、湯飲みを口に運びかけていた手を止めた。

テレビの音声に混じって別の音が聞こえたのだ。

耳を澄ます。

また聞こえた。なにかが枯れ葉を踏みしめる音だ。

弥一は腰を上げた。足音を殺して仏間に移動する。仏壇の隣にあるガンロッカーの鍵を開け、猟銃を取り出した。

装弾し、スリングに腕を通し、銃を肩からぶら下げた。

熊にしては足音が小さい。鹿は群れで行動する。おそらく、腹を空かせた猪《いのしし》が迷い込んできたのだ。

幸い、今夜は満月だった。明かりがなくても獲物を仕留めることはできる。

トレッキングシューズを履いて裏口から外へ出た。獲物はまだ庭をうろついている。

銃を肩から外し、両手で支えた。

今年の春に相棒のマサカドを失って猟からは遠ざかっている。だが、まだ腕は錆《さ》びてはいない。

家の壁に沿うようにして庭へ向かった。月が煌々《こうこう》と輝き、乾いた秋の冷たい空気が肌をなぶる。

頭の奥にへばりついていた焼酎の余韻が消えた。銃を構える。両脇を締め、銃床《じゅうしょう》に頬をしっかりと押しつける。

一瞬が勝負の分かれ目だ。相手がこちらに気づく前に終わらせる。

弥一は足を速めた。足音から相手の位置を推測し、銃口をそちらに向ける。

一気に庭に飛び出し、引き金を引こうとした瞬間、指が硬直した。

庭をうろつきまわっているのは犬だった。痩せて、薄汚れている。銃を構えた弥一に真っ直ぐ目を向けている。強い意志を宿した目だった。

「なんだ、驚かすな」

弥一は銃を下ろした。

犬はその場に立ったまま弥一を見つめている。おそらく、何日も食べていないのだろう。ガリガリに痩せていながら、しかし、弱々しさは感じさせなかった。

強い犬だ——弥一は一瞬で悟った。群れを守り、率いていくことのできる、心身ともに壮健な犬に違いない。上手に仕込めば、優秀な猟犬になることだろう。

「来い」

弥一は言った。犬が弥一に向かって歩いてきた。人には慣れている。迷い犬だ。

弥一は表玄関を開けた。中に入ると犬もついてきた。

「おまえはここにいろ」

土間で犬に指示を出した。犬は足を止めた。こちらの言うことをちゃんと理解しているようだった。

弥一は居間を横切り、台所へ向かった。銃から弾を抜き、撃鉄を戻すと、滅多に使うこともない食卓の上に置いた。業務用の冷凍庫を開ける。

仕留めて解体した鹿や猪の肉が詰め込まれている。五百グラムほどの鹿肉の塊を取り出すと、電子レンジに放り込んで解凍のボタンを押した。雪平鍋に水を汲《く》み、土間に戻った。

犬は土間に伏せていた。弥一が近づくと顔を上げた。弥一に心をゆるしているわけではない。かといって警戒しているわけでもない。

「飲め」

雪平鍋を犬の前に置いた。犬は立ち上がり、鍋に鼻を突っ込んで水を飲んだ。

「どこから来た？　撃ち殺してしまうところだったぞ」

弥一は水を飲む犬に言った。犬は耳を立てたが、水を飲むのはやめなかった。

「腹も減ってるだろう。解けたら、肉を食わしてやる」

犬が水を飲むのをやめた。食わしてやるという言葉に反応したようだった。

「飯がもらえるかどうかわかるのか。賢い犬だな、おまえは」

弥一は言った。犬はまた水を飲みはじめた。

犬を観察する。和犬とシェパードの雑種のようだ。和犬に比べて胴が長く、腰が落ちている。尾も長い。灰色がかった毛に枯れ葉や枯れ枝が絡みついている。痩せてはいるが、骨格は強靱な筋肉で覆われている。首輪の類《たぐ》いは見当たらなかった。

犬は水を飲み終えるとまた伏せた。

弥一は空になった雪平鍋を手に取って台所へ戻った。解凍はまだ終わっていないが、電子レンジを止めて肉を取り出した。まだ奥の方が凍ったままだが、あの犬なら平気だろう。

肉を一口大に切り分け、雪平鍋に放り込んで土間に引き返した。

犬が立っている。肉の匂いを嗅《か》ぎつけていたのだ。すぐにでも食いつきたいだろうに、弥一の言葉を守って土間から出ようとはしない。

「賢い犬だ」

弥一は感嘆したように言い、犬の足もとに雪平鍋を置いた。

水の時とは違い、犬は弥一を見つめたまま動かなかった。

「食っていいぞ」

弥一が言うと、犬は雪平鍋に鼻を突っ込んだ。ごりごりと音を立てて、まだ凍ったままの肉を噛《か》んだ。

「銃をしまってこんとな」

弥一は独りごち、台所に置いておいた銃を持って仏間に向かった。

豊和《ほうわ》工業という会社が作っているM1500というライフルだ。購入してから二十年近くが経つが、日々の手入れを怠《おこた》らなかったおかげで今も現役だ。

しかし、使う頻度は極端に減った。

日課のように分解し、掃除をし、組み立てながら「こんなことをしてなんになる」とぼやいている。

とっとと狩猟免許を返上して銃も手放せばいいのにそれができないのは、五十年以上続けてきた生業《なりわい》への未練なのだろう。

M1500をロッカーに戻し、鍵をかけた。

土間へ戻ると、肉を食べ終えた犬が伏せて目を閉じていた。

眠っている。

よほどくたびれていたのだ。

弥一は居間に腰を下ろした。湯飲みに手を伸ばし、焼酎を啜りながら犬の寝顔を飽きることなく眺め続けた。

2

マサカドの首輪とリードをつけ、犬を軽トラックの荷台に載せると、弥一は久々に町まで出かけた。

鎌田《かまた》動物病院の駐車場に軽トラを停め、犬を連れて中に入った。診察時間までまだ間があるせいか、待合室にはだれもいない。

「弥一さんじゃないか」

受付を済ませようとしていると、院長の鎌田誠治《せいじ》が顔を見せた。この町で動物病院を開いて三十年以上になる獣医だ。弥一は代々の猟犬たちの健康を鎌田に委ねてきた。

「おや、また犬を飼ったのか？　マサカドが死んだときに、もう猟はやめると言っていたのに」

「迷い犬だよ、先生。昨日の夜、うちの庭に迷い込んできたんだ」

「今時迷い犬だなんて珍しいじゃないか」

「今日は健康診断とシャンプーを頼みに来た。かなり痩せてるし、薄汚れてる。長い間山の中をうろついてたんじゃないかと思う」

「それじゃあ、伝染病やマダニが心配だね」

「それから、ほれ、写真を撮って、インターネットに載せるやつもやって欲しいんだ」

鎌田は保護された犬や猫の飼い主を探すためのインターネットページを、動物病院のサイトに設けていた。写真を載せ、見た目や性格の特徴を記して、飼い主に呼びかけるのだ。そのおかげで無事に家に戻れた犬や猫がそれなりの割合でいた。

「それぐらいならお安いご用だ。マイクロチップが入ってないか確かめてみよう。問診票に記入して。すぐに診《み》てやるから」

鎌田は犬の頭を二、三度撫《な》でると、診察室に消えていった。

「片野《かたの》さん、それじゃ、問診票に記入をお願いします」

受付の看護師が声をかけてきた。弥一は問診票を受け取り、待合室の長椅子に腰を下ろした。

問診票に記入しようとして、はたと手を止めた。犬の名前を記す欄がある。

しばし迷った挙げ句、ノリツネと記入した。

マサカドは平将門《たいらのまさかど》からいただいた名だ。ノリツネは平教経《のりつね》である。

弥一は源平の武者の名前を犬につけることが多かった。

ノリツネの名をしたためると、あとは記入することがなかった。年齢や健康状態など、なにもわからないのだ。

「これしか書けなくてすまんね」

弥一は問診票を受付に提出した。

「名前しかわからないんですか?」

「その名前も今適当につけたんだ」

弥一は答えた。

「なあ、ノリツネ。おまえは本当は名無しなんだよな」
犬――ノリツネは弥一を見上げ、ゆっくり尾を振った。

＊＊＊

痩せていること以外、ノリツネの健康状態に問題はなかった。マダニもこの時期は活動が鈍くなるからか、見つからなかった。

ノリツネの体内にはマイクロチップが埋め込まれていた。それによると飼い主は岩手にいるらしい。名前は多聞だという。

「岩手から島根に？」

鎌田はしきりに首を捻っていた。

ノリツネをシャンプーしてもらっている間、弥一は買い物に出かけた。

スーパーで野菜と焼酎を買う。タンパク質は冷凍庫に入っている鹿や猪の肉で十分だし、米は自前の田んぼで収穫したものがある。

妻の初恵《はつえ》が生きている間は、田んぼや畑仕事は初恵がひとりでこなしていた。四年前、初恵が病に倒れて、弥一は畑仕事を引き受けることにした。

猟師としての収入は毎年減る一方だったし、引退の二文字も頭の奥でちらつきはじめていた頃だったから迷いはなかった。

初恵が死んだあとも、田んぼや畑仕事をないがしろにすることはなかった。初恵が丹精を込めて土から育てた田畑なのだ。作物を作り続けることが供養になると思っている。

ホームセンターへ移動し、ペットコーナーで新しい首輪やリードを見繕った。最後にドッグフードの大袋をカートに放り込んでレジに向かった。

「あら、また犬を飼ったんですか？」

顔なじみのレジ係の女が言った。

「いや、迷い犬なんだ」

そう答えながら、迷い犬でいずれ飼い主のもとへ返すなら、こんなに大量のドッグフードはいらないだろうと自分を皮肉った。

自分はノリツネと暮らすつもりなのだ。

レジ係がドッグフードのバーコードを機械に読み取らせるのを見つめながら、弥一はそう悟った。

＊＊＊

ドラッグストアで痛み止めを買い、鎌田動物病院へ戻った。

シャンプーを終えたノリツネが誇らしげに胸を張っていた。

「薄汚れているのが嫌だったか。賢いだけじゃなく、誇り高いな、おまえは」

弥一は買ってきたばかりの新しい首輪とリードをノリツネにつけた。

「飼い主さんと連絡が取れないんですよ。ネットの迷い犬情報、今日中に更新しておきますから」

支払いを済ませると、受付の看護師が言った。

「よろしく頼みます」

弥一は後ろめたさを感じた。このまま飼い主が見つからなければいい。そう思う自分がいたからだ。

初恵が死んで三年、マサカドが死んで半年、孤独には慣れたつもりでいたが、実際には相当応《こた》えていたのかもしれない。昨夜、ノリツネが現れたことで、相棒と共に暮らす充実した日々の思い出がよみがえったのだ。

家に戻り、鹿肉を混ぜ込んだドッグフードを与えると、ノリツネを庭に出して放した。好き勝手にうろつきまわったとしても、ノリツネは必ずこの家に戻ってくる。弥一にはなぜか、確信があった。

庭の隅から隅まで匂いを嗅ぎまわっていたノリツネが不意に頭を上げた。麓《ふもと》の里の方に顔を向け、鼻をひくつかせる。耳が立ち、尾が持ち上がっている。

自信に満ちたその姿は美しかった。

ノリツネが低い声で吠えた。里の方から軽自動車が一台、こちらに向かって坂を登ってくる。

田村勲《たむらいさお》の車だった。

「だいじょうぶだ、ノリツネ。敵じゃねえぞ」

弥一はノリツネに声をかけた。ノリツネの緊張がゆるんだ。

弥一の家は里山の中腹にある。田畑は坂を下りてすぐの一角だ。

田村の車が敷地に入ってきて停まった。ノリツネは低く唸《うな》ったが、田村が車から降りてきても近づこうとはしなかった。

「あれ、弥一さん、また犬を飼ったのか?」

田村は禿《は》げた頭に手を置いてノリツネを見た。

「迷い犬だ。飼い主が見つかるまで面倒を見てやってる」

「迷い犬? こんなところに? 下の里にも家はたくさんあるのに、なんでわざわざ弥一さんのところにまで上がってきたんかね」

田村は物珍しげな目をノリツネに向けた。

「多分、山の中を歩いてきたんだ。だったら、里より家《うち》に迷い込んでくる確率が高い」

「なんでまた山の中なんかを……」

「それがわかれば苦労はしないんだがな。こいつらは言葉が喋《しゃべ》れないから。それより、なんの用だ」

「ああ、来月、町議会の選挙があるのは知ってるでしょう。また、哲平《てっぺい》さんに投票してもらえないかと思ってね」

田村は中村《なかむら》哲平後援会と記されたチラシを手にしていた。中村は二十年近く町議会議員をやっている。地元の猟友会の会長でもある。猟師としての技量も銃の腕前も酷《ひど》いものなのに、議員だからという理由で猟友会を私物化していた。

「帰れ。選挙には別のやつに投票する」

「そう言わないで、弥一さん。猟友会仲間じゃないですか」

「おれはもうずっと前に猟友会を抜けた」

「まだ籍はありますよ。哲平さんが、地元で一番の猟師をやめさせるわけにはいかないって言ってるんですから。その哲平さんのためにも、ね？」

「おれがあいつのことを嫌ってるのは知ってるだろう」

弥一は声を荒らげた。次の瞬間、ノリツネが田村に牙を剝《む》き、唸り声を上げた。

「おっと、おっかねえなあ。迷い犬ってことは躾《しつけ》が入ってるかどうかもわからないんだろう？　繫《つな》いでくれよ」

田村の顔が青ざめていく。

「こいつはだいじょうぶだ。おまえんとこの馬鹿犬たちの何倍も賢い」

弥一は嘲笑《あざわら》った。田村の表情が強《こわ》ばった。

「憎まれ口ばかり叩いてないで、少しは仲間のために協力したらどうなんだよ。うちの猟友会がどれだけ哲平さんの世話になってるか――」

「帰らないと犬をけしかけるぞ」

弥一は低い声で言った。

「弥一さん……」

「あいつが、里山を荒らす猪や熊の駆除をすると親切ごかして、年寄りたちから金を巻き上げてるのをおれが知らないと思ってるのか？」

田村が唇を嚙んだ。

「おまえたちもそのおこぼれに与《あずか》ってるんだろう。なにが猟友会だ。鉄砲も下手で、犬の躾もろくにできないやつらが」

「まったく、もともと自分勝手な人だったけど、初恵さんが死んでからは手がつけられなくなったな」

田村は足もとに唾を吐き、軽自動車に乗り込んだ。

ノリツネが車に向かって吠えた。

「もういい、ノリツネ」

弥一はノリツネに掌《てのひら》を向けた。はじめての仕草だったが、ノリツネはその意味をすぐに察した。吠えるのをやめ、弥一の横に立って去っていく軽自動車を睨《にら》みつける。

「自分勝手か……」

弥一は唇を歪《ゆが》めた。すぐに顔をしかめた。背中に耐えがたい痛みが走ったのだ。

買ってきたばかりの痛み止めの包装を解き、水もなしに薬を飲み込んだ。

脂汗が噴き出ている。

薬の効き目が出てくるのはまだ先だ。

弥一は背を丸め、痛みをこらえながら家の中に入った。土間で靴を脱ぎ捨てると、這《は》うようにして居間へ行き、座布団を枕代わりにして横たわった。

ノリツネが土間で弥一の様子を見ていた。

「こっちに来い」

弥一は畳を叩いた。ノリツネが首を傾《かし》げた。

「いいんだ。こっちに来い」

もう一度畳を叩く。ノリツネが土間から上がってきた。おそるおそるといった足取りで居間にやって来て、弥一の横で伏せた。

これまでに飼ってきた代々の猟犬たちは、決して家に上げることはなかった。立派な猟犬に仕立てるには自立心を養うことが肝要で、それには、家の外でひとりで暮らさせるのが一番だと考えていたからだ。

だが、ノリツネは猟犬ではない。猟犬にするつもりもないし、自分はまもなく猟師をやめるのだ。

今の自分には温《ぬく》もりが必要だ。

弥一はノリツネの背中に手を乗せた。ノリツネは温かかった。その温かさが、痛みを和《やわ》らげてくれた。

3

ノリツネが現れてから瞬《また》く間に一月《ひとつき》が過ぎた。秋は深まり、里山は赤や黄色に色づいていく。

ノリツネの飼い主とは連絡が取れないままだ。

共に暮らしてなんとなくわかってきたのだが、ノリツネは時間をかけて長い距離を移動し、その途中で弥一の家に立ち寄ったのだ。

極度の空腹がそうさせたのだと思う。

春から夏にかけての日本の山は食料の宝庫だ。餌になる小動物や果物に困ることはない。

だが、秋になると山の様相は一変する。果物がなくなり、それと共に小動物たちも姿を消す。

もともと、犬の先祖であるオオカミは群れで狩りをする生き物だ。犬も同じである。どれだけぬきんでた体と頭脳を持つ犬でも、一頭だけでは狩れる獲物には限度がある。

ノリツネは何週間も餌を見つけられず、ついに人の手を借りることに決めたのだ。

それはいいとして、なぜそれが弥一だったのだろう。

田村が口にした言葉が、ときおり、弥一の脳裏によみがえった。

「下の里にも家はたくさんあるのに、なんでわざわざ弥一さんのところに……」

あのときは、ノリツネが山の中を移動してきたからだと答えたが、それにしても、ノリツネの旅の途中に人家はいくらでもあったはずだ。なぜ、弥一の家にやって来たのだろうか。

孤独の匂い、死の匂いを嗅《か》ぎ分けたからではないかと弥一は思う。

ノリツネにはそう思わせるなにかがあるのだ。

ノリツネを軽トラの助手席に乗せて、弥一は町に向かった。家の中で一緒に寝るのと同じように、軽トラでの移動も荷台から助手席に格上げさせたのだ。

ノリツネは助手席のシートの上に座り、窓の外に視線を向ける。その横顔は車には乗り慣れているのだと語っていた。

「おまえの飼い主はどんな人間なんだ？　なんだってはぐれちまったんだ？」

弥一はときおり、ノリツネに声をかける。答えが返ってこないことはわかっていても、訊《き》かずにはいられないのだ。

ノリツネが顔を向ける方角はいつも決まっている。西南だ。西南の方角に、ノリツネにとって大切ななにかがある。ノリツネはそこに向かって旅をしているのだろう。

「九州か……家族が九州にいるのか？」

ノリツネは耳を立てるが、西南の方角を向いたままでいる。

この一ヶ月の間、絆はずいぶん深まったはずなのだが、西南を見ているときのノリツネは違う犬のように思える。そして、弥一の胸の奥で冷たい木枯らしが吹く。

ノリツネは自分の犬であって、自分の犬ではない。

これほど恋い焦がれているのだ。なんとかして、九州にいるらしい飼い主を見つけ、ノリツネをいるべき場所に返してやった方がいい。

そう思いながら、なかなか行動に移そうとしないのは老いぼれの執着だった。また、ひとりで寝る夜がやって来るのが嫌で嫌でたまらない。

若い頃はそうではなかった。獲物を追いかけ、何日もの間、山で野宿をしても平気だった。人が恋しいと思ったこともない。

弥一は軽トラのスピードを落とした。目前に迫った交差点を左折し、その先をさらに左折する。町立病院の駐車場入口で駐車券を受け取り、軽トラを停めた。

「ここで待ってろよ」

窓を少し開けたままドアを閉め、ロックする。晩秋とはいえ、日差しがあると車内の気温が上がってしまう。不用心ではあるが、中に犬がいると知れば、車上狙いも近づいては来ないだろう。

受付で診察カードを提示し、内科の待合室で新聞を広げた。テレビと同じでろくなニュースがない。弥一は記事を読むのは諦め、掲載されているクロスワードパズルで時間をつぶした。

「片野さん、片野弥一さん、二番診察室へお入りください」

弥一は腰を上げた。

診察室へ入ると、内科医の柴山《しばやま》がパソコンの画面を睨んでいた。弥一は柴山の前の椅子に腰を下ろした。

「片野さん、前回の検査の結果ですが、芳《かんば》しくありません。癌が進行しています」

柴山が言った。弥一はうなずいた。治療をしていないのだ。病状が進行していることは予想がついた。

「化学療法を受けませんか？　それが嫌なら、せめて入院を」

弥一は首を振った。

「痛み止めだけ処方してください」

「片野さん――」

「何度も言っているように、治療は受けません。そのときが来たら、死ぬだけです」

柴山が溜息を漏らした。治療に関しては、膵臓《すいぞう》に癌が見つかってから嫌というほど議論を交わしてきたのだ。

「娘さんには話されましたか?」

弥一は首を振った。

「片野さん、前の診察の時も申し上げましたが、家族と話し合わなきゃだめですよ」

「先生には申し訳なく思ってます。こんな我儘《わがまま》な老いぼれのせいで、気を揉ませちゃって」

「そういう問題じゃありませんよ」

柴山は顔をしかめていた。

「また、来月来ます」

弥一は腰を上げた。

「本当にこれでいいんですか?」

柴山は眼鏡の蔓《つる》に手を当て、弥一を見上げた。

「よくよく考えてこうすると決めたんですよ、先生。今日はありがとうございました」

深々と頭を下げ、弥一は診察室を出た。

初恵も同じ膵臓癌だった。ずいぶん前から具合が悪いと口にしてはいたのだが、なかなか病院へ行こうとはせず、激しい痛みに倒れて救急車で病院に運ばれたときには、癌はステージⅣまで進行していた。

京都に嫁いでいたひとり娘の美佐子《みさこ》がすっ飛んできて、あれやこれやを決めていった。その中には強い薬を使った抗癌治療も含まれていた。

美佐子はまるで弥一がいないかのように振る舞った。弥一の意見には一切耳を貸さず、文句のひとつでも口にしようものなら、「父さんにそんなことを言う資格はない」と一蹴《いっしゅう》された。

いい夫ではなかったし、いい父でもなかった。山で獲物を追っているか、どこかで飲んだくれているか。

そんな人生だったのだ。

家に帰りたい——それが入院中の初恵の口癖になった。家に帰りたい。マサカドに会いたい。畑で採れたサツマイモをふかし、日本茶を啜り、縁側で日に当たる。ただそれだけのことがしたい。

だが、癌に蝕《むしば》まれた体は思うように動かず、抗癌剤の副作用も初恵を苦しめた。

一年近い闘病生活の末、初恵は痩せ衰えた体で帰らぬ人となった。家に帰ることはもちろん、マサカドに会うこともかなわなかったのだ。

死の間際、初恵が口にした言葉と弥一を見つめる目は忘れられない。

「家で死にたかった」

初恵はそう言った。弥一を見つめる目はなぜ美佐子に反対してくれなかったのかと訴えていた。最後ぐらいは夫らしいことをしてくれてもよかったではないか。

初恵の目の奥にあるのは失望と落胆だった。元気なときも失望と落胆を繰り返させてきた。死ぬときも同じだ。

自分は徹頭徹尾、初恵という女を苦しめてきたのだ。

そう思うと、初恵が憐れでたまらなかった。

自分が初恵と同じ癌に冒されていると知ったとき、即座に腹は決まった。

治療はしない。

初恵がそうしたかったように、家で過ごし、家で死ぬのだ。初恵が生涯をかけて手入れを続けてきた田畑を見守り、最後まで手をかけ、死ぬ。初恵もそれを望んでいるだろう。

美佐子に病のことを告げても、初恵の時と同じことにはならないだろう。

父さんの好きにすれば――そう言い放つ美佐子が容易に想像できた。

初恵も美佐子も弥一をゆるしてはくれない。

ゆるしを与えてくれるのは犬たちだけだった。

処方箋を受け取り、支払いを済ませると病院を後にした。駐車場に向かう途中で、軽トラの助手席に座るノリツネが見えた。

やはり、西南の方角に顔を向け、微動だにしないでいる。知らない者が見たら、置物と勘違いするかもしれない。

弥一が近づいていくと、ノリツネが顔を向けた。口角が持ち上がる。笑っているのだ。ここからは見えないが、尾も振っているだろう。

「待たせたな。帰ろう」

弥一は運転席に乗り込みながら、ノリツネの背中を撫でた。

「今日も山の中を歩くか。その前に、薬局に寄らなきゃな。痛み止めが切れる寸前だ」

弥一は軽トラのエンジンをかけた。寒さが強まっていくのと比例して、背中が痛む回数も増えていく。

自分は冬を越す前にくたばるに違いないという予感があった。

そうなる前に、ノリツネの今後のことを考えてやるべきだ。

「それはわかってるんだが、明日死ぬというわけでもないしな……」

弥一は独りごちながらアクセルを踏んだ。

＊＊＊

木の幹に手をかけ、弥一は深呼吸を繰り返した。ノリツネと山に入ってまだ一時間も経っていない。それなのに息が上がり、膝が笑っている。

「情けない」

思わず声が出た。

去年までは毎週のようにマサカドと山を駆け、獲物を探し回っていたのだ。マサカドが死んでからは山に入ることもなくなったが、たった半年ほどでここまで肉体が衰えるとは考えてもみなかった。

若い頃は山に入れば入るだけ体力がついた。五十の声を聞いた辺りから、山に入らなければ入らないだけ体力が落ちていくのを感じた。

今日の息切れは年のせいだけではあるまい。病魔が体力を削っているのだ。

獣道《けものみち》の向こうで、ノリツネが立ち止まり、こちらを見下ろしていた。

近寄ってくるわけでもなく、進んでいくわけでもない。ただ、弥一がやって来るのを待っている。

弥一は背負ったザックのサイドポケットから水の入ったペットボトルを抜き出し、中身を飲んだ。水分が細胞の隅々にまで行き渡るのを感じると、なんとか呼吸も落ち着いてきた。

「待ってろ。すぐに行くぞ」

ペットボトルをポケットに戻すと、弥一は足もとに視線を走らせた。手頃な枯れ枝を見つけると、それを杖代わりにして歩き出した。

こんなものを使うようになるとは情けないにもほどがある。だが、背に腹は代えられなかった。

枯れ枝を地面に突きながら獣道を上った。この山で一番の急勾配だ。しかし、この勾配を登り切れば、道は平坦になる。歯を食いしばり、鼻で息をしながら足を前に出す。汗で濡れたシャツが不快だった。

いつもの倍以上の時間をかけて、ノリツネが待っている場所に辿《たど》り着いた。ノリツネはしきりに周りの木々の匂いを嗅いでいる。

弥一も痕跡に気づいた。つい最近、この辺りを猪の親子が通ったようだ。

「追いかけちゃだめだぞ」

弥一は言った。ノリツネが匂いを嗅ぐのをやめて弥一に顔を向けた。弥一の言葉に耳を傾けている。

「子連れの猪は手強い。おまえがいくら強靱だって、子を守ろうとする母親には手こずる。そっとしておいてやるのが一番だ」

ノリツネは鼻を蠢《うごめ》かせたが、それ以上猪の匂いを追うのをやめた。

「おまえは本当に賢いな。どんな飼い主に躾けられたんだ？」

弥一は訊いた。もちろん、答えは返ってこない。それでも、犬に話しかけ続けるのが弥一の流儀だった。

犬は言葉はわからなくても、人の意志を見極めようとする。話しかけることで、コミュニケーションが密になり、絆が深まっていく。

いざというとき、なによりも役に立つのは人と犬の絆の強さなのだ。

「行くぞ」

弥一はノリツネを促し、先に進んだ。もう十分ほど歩けば、山頂に出る。たいして高い山ではないが、山頂付近の樹木は弥一が切り倒してあり、それなりの眺望を楽しむことができる。

緩《ゆる》い勾配を歩いているうちに呼吸も落ち着き、膝が笑うこともなくなった。もう杖は必要ないが、弥一は枯れ枝を握りしめたままでいた。下りでは必ず必要になる。山で筋肉を酷使するのは登りではなく、下りなのだ。

唐突に視界が開けた。山頂に着いたのだ。弥一は木の切り株に腰を下ろし、また水を飲んだ。

ザックから雪平鍋を取り出し、水を注いでノリツネに与えてやる。

ノリツネは水を飲み終えると、山頂部の真ん中に立って西南の方角に顔を向けた。

山沿いに十キロも南下すれば、そこはもう山口県だ。山口県を横切り、海を渡った先が九州になる。西南方向に直線を引けば、最初にぶつかるのは大分辺りだろう。

「どうして飼い主と別れた」

弥一はノリツネに問いかけた。ノリツネは耳を持ち上げただけで動かない。

「長いこと飼い主を探してさまよっているんだろう」

ノリツネがやっと顔を向けた。漆黒の瞳の奥に、寂しさに似た感情が宿っているような気がした。

「よっぽど大切な相手なんだな。だったら、おれのことはいいから、行っていいんだぞ」

ノリツネが首を傾げた。

「おまえの本当の家族なんだ。家族のもとにいるのが自然だろう。なんだっておれのところにとどまってるんだ？」

ノリツネに言葉をかけながら、弥一は自分で答えに辿り着いた。

ノリツネは弥一の死を見届けようとしているのではないか。

ノリツネは数ある人家の中から弥一の家を選んだ。

孤独と死の匂いを嗅ぎ取ったからだと弥一は信じている。

ならば、孤独を癒《いや》し、避けられない死を迎えるその時のために、ノリツネは家族捜しを中断して弥一のそばにいるのではないか。

馬鹿げている。犬は犬だ。人ではない。

それでも、弥一は人にとって犬は特別な存在なのだということを理解していた。人という愚かな種のために、神様だか仏様だかが遣わしてくれた生き物なのだ。人の心を理解し、人に寄り添ってくれる。こんな動物は他にはいない。

「ノリツネ、こっちに来いよ」

弥一は手招きをした。ノリツネが近寄ってくる。弥一が自分の太腿《ふともも》を軽く叩くと、そこに顎《あご》を乗せてきた。

「ありがとう」

弥一はノリツネの頭を撫でた。

「本当にありがとう」

弥一は飽きることなくノリツネを撫で続けた。

4

麓の里に熊が出た。

杉下一郎《すぎしたいちろう》の家の庭に生えている柿の木に登り、柿を食い散らかし、その後で近隣の畑を荒らした。

冬眠前の腹ごしらえにやって来たのだ。

かつては山と里の間には見えない境界線が張られており、動物たちが里まで下りてくることはなかった。いつからか、里に過疎化と高齢化の波が押し寄せ、山の手入れがおろそかになった。それと同時に境界線も消滅し、山の生き物たちが頻繁《ひんぱん》に里に姿を現すようになったのだ。

猪や鹿ならまだいいが、熊となれば不穏な空気が里に立ち込める。鉢合わせすれば、怪我を負ったり死んだりするのは人の方だからだ。

庭でノリツネが吠えた。

来客を知らせている。

弥一は苦痛をこらえて体を起こした。数日前から背中の痛みが引かなくなっていた。医者に処方された痛み止めを飲んでも、効き目が続くのは短い間で、二時間も経てばまたぶり返してくる。処方された痛み止めはとうに飲みきり、市販の痛み止めでごまかしているのだが、それも限界に近かった。なかなか病院に足が向かないのは、入院しろと言われるのがわかりきっていたからだ。

弥一が庭に出るのと田村の軽自動車が敷地に入ってくるのがほとんど同時だった。

「弥一さん、出動要請だ」

田村は車を降りると口を開いた。

「おれはもう猟師じゃない」

弥一は言った。

「そんなこと言わないで。ここらで一番の猟師は弥一さんじゃないか。弥一さんが猟友会を引っ張ってくれないと」

「もう、山を歩き回る体力がないんだよ」

弥一の言葉に、田村は瞬きを繰り返した。

「弥一さん、痩せたかい？」

「今頃気づいたのか」

「まさか……」

弥一はうなずいた。

「どこよ？」

「膵臓だ」

「膵臓って、初恵さんと同じじゃないか」

「初恵はおれを恨んで死んだろうからな。置き土産をしていったのかもしれん」

「冗談でもそんなこと言っちゃだめだよ、弥一さん。病院は？」

「月に一度、通ってる」

弥一は家の中に戻り、土間に置いてある椅子に腰を下ろした。ただ立っているだけでもしんどかった。

田村とノリツネも家の中に入ってきた。

「抗癌剤？　それとも放射線かい？」

弥一は首を振った。

「治療は受けていない。痛み止めを処方してもらってるだけだ」

「それじゃ、死んじゃうじゃないか」

「勲、おまえも知ってるだろう、初恵の死に様を。病院でいつも家に帰りたいと言っていた。死ぬときも、家で死にたかったと……」

田村が俯《うつむ》いた。弥一が畑仕事や猟で手が離せないとき、なにかと初恵の面倒を見てくれたのは田村の妻の久美《くみ》だったのだ。

「相当具合が悪いのかい」

しばらくすると、田村が口を開いた。

「この前、ノリツネと山に入ったんだが、山頂まで行くのに一時間以上かかった」

田村の顔から血の気が引いた。元気な頃の弥一なら、単に山頂に行くだけなら三十分もかからなかった。

「そんなに悪いのかい……」

「だから、熊の駆除はおれ抜きでやってくれ」

「そんなこと言ったって、うちの猟友会は鹿撃ちや猪撃ちがメインで、熊を獲ったことのあるやつなんてそんなにいないし」

「猪と同じだ。痕跡を見つけて、追い立てて、撃つ。とにかく、おれはもう動けないんだからどうにもならん」

「本当に治療を受けないつもりかい？」

弥一はうなずいた。

「そのときが来たら、死ぬだけだ」

「この犬はどうするんだよ。弥一さんが死んだら、ひとりぼっちだぜ」

田村はノリツネに顔を向けた。

「そいつのことで、頼みがあるんだ、勲」

弥一は言った。

「頼みって？」

「おれが死んだら、こいつを九州に連れていってやって欲しい」

「九州？」

田村の目が丸くなる。

「どこでもいい。九州の山の中でこいつを放してやってくれ。そうすりゃ、こいつは自分で勝手に目的地へ向かうはずだ」

「目的地ってどういうことだよ？」

「こいつは自分の家族を捜してるんだ。その途中でたまたまおれのところに立ち寄っただけなんだよ」

「家族を捜してる？　犬が？」

「こいつはそういうやつなんだ。勲、頼む。おれがおまえに頼み事をしたことなんてないだろう。

引き受けてくれ」

「それはかまわないけど……」

「ありがとう、勲」

弥一は田村の手を握った。田村が戸惑いを露《あら》わにした。当然だ。田村との付き合いは三十年以上になるが、こんな態度を取ったことはない。

「引き受けるけどさ、できるだけ長生きしてくれよ、弥一さん。まだ七十になったばかりだろう?」

「もう、十分生きた。それから、おれの病気の話は周りには内緒で頼む」

「それもかまわないよ。どうせ、世捨て人みたいにして暮らしてきたんだ。弥一さんが突然死んでも、だれも気にしないさ」

弥一は笑った。

「その通りだな」

「美佐子ちゃんには話してるんだよね?」

「いや……」

弥一は言葉を濁した。

「だめだよ、話さなきゃ。父ひとり、娘ひとり、たったふたりきりの家族じゃないか」

「あいつはおれを嫌ってるからな。おれが死ねばせいせいするさ」

「だめだって。美佐子ちゃんにちゃんと話さないと、犬のことも引き受けないぞ。弥一さんが話しづらいっていうなら、おれが話す」

「勲――」

「これだけは譲れないよ。ちゃんと話さなきゃ。約束してくれよ」

「わかった。今夜にでも電話する」

弥一はうなずいた。

「おれが来なかったら、美佐子ちゃんにも話さず、本当にひとりでくたばってたんじゃないのかよ」

「ひとりでくたばりたかったんだよ」

ノリツネがいなければ、田村に病気のことを伝えたりはしなかっただろう。ノリツネがそばにいることで、弥一の運命も変わりつつあるのかもしれない。

それでもおれはもうすぐ死ぬ――痛みに顔をしかめながら弥一は思った。

「じゃあ、おれはもう行くけど、なんかあったら遠慮なく連絡してくれよ。できることならなんでもするから」

「ああ、もう遠慮はしない」

田村は安堵《あんど》の笑みを漏らし、外に出ていった。ノリツネが近づいてきて、弥一の太腿に自分の体を押しつけた。弥一はその背中を撫でた。

「不思議なもんで、おまえを撫でていると痛みが和らぐなあ」

弥一はノリツネを撫でながら目を閉じた。

＊＊＊

携帯に着信があった。

地図アプリだのＧＰＳだの、今時の猟師のほとんどはスマホを持っている。

弥一はそんなものに頼らなくても自由自在に山の中を行き来することができた。天候の判断も昨今の天気予報よりはよく当たる。長年培《つちか》ってきた経験が判断を助けてくれる。

スマホに頼るのは、自分の腕に自信がないからだ。

だから、持ち歩く電話は携帯で十分だったし、使うことは滅多になかった。

「もしもし？」

「お父さん？」

美佐子の声が耳に流れ込んできた。田村が早速弥一の病気のことを伝えたのだろう。

「どうした？」

「さっき、田村さんから電話があったわ」

「そうか」

「治療を受けてないことも聞いた」

「そうか」

弥一は溜息を押し殺した。ノリツネがやって来て、弥一の太腿に顎を乗せた。弥一はノリツネの頭を撫でた。

「お母さんが苦しんで死んだのはわたしのせいだと思ってるのね」

美佐子の口調はきつい。いつもそうだ。美佐子が高校生になった頃から、優しい言葉をかけられた覚えがない。それも自業自得だと思っている。

「そうじゃない」

「わたしが母さんの意志を無視して化学療法を続けさせたせいだと思ってるんでしょう」

「違うと言っただろう」

「だったらどうして、治療も受けず、わたしにも知らせずにひとりで死のうとしてるのよ」

美佐子が叫ぶように言った。

「おまえに迷惑をかけたくなかったんだ」

弥一は答えた。

「迷惑って、わたしたち親子でしょう。父ひとり、娘ひとりの親子じゃない」

思いがけない言葉に、弥一は口を閉じた。

「ずっとお父さんのこと恨んでたし、好きじゃない。でも、死んでくれと思ったことなんかないのよ。わかってる？　会うことはなくても、今日も猟銃担いで山の中を歩き回ってるんだろうと思うと安心するの。田村さんが知らせてくれなかったら、わたしはなんにも知らないまま、お父さんをひとりで死なせるところだったのよ」

「おまえに迷惑をかけたくなかったんだ」

弥一は消え入りそうな声で言った。

「お母さんやわたしに散々迷惑かけてきたくせに今更なにを言ってるのよ」

「すまん」

弥一はだれもいない空間に向かって頭を下げた。ノリツネが不思議そうに弥一を見つめている。

「わたしもお母さんのことじゃ、反省してるの。あんなに家に帰りたがってたのに、結局、帰してあげることができなかった。だから、お父さんが自分で決めたことに反対はしないわ。だけど、知らんぷりもできない。来週の土曜日、絹《きぬ》を連れて行くから」

孫の名前を久しぶりに耳にした。絹は今年、大学生になったはずだ。大阪の大学に通っていると聞いている。

「絹は元気か？」

「うんざりするぐらい元気よ。いい？　わたしたちが行くまで、ちゃんと生きていてよ。勝手に死んだら、それこそ絶対にゆるさないわよ」

「わかった。車で来るのか？」

「電車は時間がかかるし、最寄りの駅だってずいぶん遠いでしょう。絹の運転で行くわ」

「絹が車を？」

「大学に入ってすぐに免許を取ったの。週末は一夫《かずお》さんの車を乗り回してるわ」

「そうか」

弥一は頭を掻《か》いた。自分は家族のことをなにも知らない。知ろうとしてこなかったのだから当然だった。

「具合はどうなの？」

美佐子の口調が変わった。

「まだ全然だいじょうぶだ」

弥一は嘘をついた。

「そう。じゃあ、来週行くわね。一夫さんの実家の奈良漬けを持っていくわ。お母さんの大好物だったから、仏前にお供えして、その後でお父さんが食べて」

「ああ。あの奈良漬けは美味い」

美佐子の夫は奈良の出で、母親が毎年、自分で漬物を作るのだ。その味が絶品だと、初恵はいつも喜んで食べていた。

「それじゃあね」

「ああ」

電話が切れたが、弥一は手にした携帯をなにかに取り憑《つ》かれたかのように見つめ続けた。

やがて、携帯をシャツのポケットにしまい込む。

「人間ってのは本当に馬鹿だ」

ノリツネに語りかけた。

「その中でも、おれは輪をかけた馬鹿だ。おまえたち犬は賢いから呆《あき》れるだろう？」

ノリツネは鼻息を漏らし、弥一から離れていった。

本当に呆れ果てたのだろう。

弥一は微笑《ほほえ》み、腰を上げた。途端に背中に激しい痛みが走り、うずくまった。床にうつ伏せになり、荒い息を繰り返す。

ノリツネが心配そうに弥一の周りを歩き回った。

「だいじょうぶだ」

弥一は顔を上げた。ノリツネが足を止め、鼻を弥一の顔に近づけた。しきりに匂いを嗅ぐ。

「美佐子と絹が来るまで、おれは死なん。だから、だいじょうぶだ」

しばらくうつ伏せになっていると、痛みが薄らいだ。弥一は仰向《あおむ》けになり、両腕を広げた。

「来週の土曜だ。あと十日だ。それぐらいどうってことはない。ノリツネ、おまえからも神様にお願いしてくれ。あと十日、なんとか普通に過ごさせてください。おまえたちは神様の遣いなんだ。それぐらい、頼んでくれるだろう?」

ノリツネが弥一の上着の袖を噛んで引っ張った。

ここではなく、布団の上で寝ろと言っているのだ。

「わかったよ」

弥一は時間をかけて体を起こした。

「居間で寝るなだとか、酒の飲み過ぎだとか、おまえはまるで初恵みたいだな」

弥一はノリツネを見下ろした。

「初恵が乗り移ってるのかもしれんな」

そう呟き、歯を磨くために洗面所に向かった。

5

猟友会が熊を仕留め損なった。熊が手負いになったと里中が浮き足立っている。

中村哲平は兵庫の丹波《たんば》から熊撃ちの名人と呼ばれる猟師を呼んだのだそうだ。

だが、これがとんだ食わせ物で、焦りすぎて撃ち損じ、弾丸は脇腹を抉《えぐ》っただけだった。熊は凄《すさ》まじい勢いで逃げ、猟師たちはその跡を見失った。

「まったく情けない」

弥一は痛み止めを水で胃に流し込みながら一息ついた。

病院へ行き、痛み止めをまた処方してもらった。入院した方がいいだの、今から治療を開始しても遅くないだの、耳にたこができるほど聞いた医者の言葉をまた聞かなければならないのは億《おっ》劫《くう》だったが、日ごとに増していく痛みの前では我が儘は言っていられなかった。

痛みが増すごとに、薬の効く時間も短くなっていく。忙しくて診察を受けに来る時間が作れないと嘘をついて痛み止めを多めに処方してもらったが、それもいつまで保《も》つかはわからなかった。

市販の薬はまったく効かなくなっている。手元にある薬がなくなったら、次はきちんと医者と今後について話し合わなければならない。

入院はしない。癌治療も受けない。弥一が進むべき道を示唆してもらえればいいのだ。

ノリツネが外に向かって吠えた。一度吠えただけで、あとは土間の方を見つめている。車のエンジン音が近づいてくる。おそらく、田村だろう。ノリツネは郵便配達のバイクと宅配便のトラック、そして田村の軽自動車のエンジン音を聞き分けている。

「弥一さん、お邪魔するよ」

田村が勝手に戸を開けて土間に入ってきた。

「来ると思ってたよ」

弥一は言った。弥一の姿を見て、田村が立ちすくんだ。

「顔色が悪いよ、弥一さん」

「病人だからな」

「病院には行ってるのかい？」

「一昨日《おととい》行った」

「本当に心配だなあ」

田村は土間の椅子に腰掛けた。

「聞いてるだろう？　昨日、熊を仕留め損なった」

「丹波から腕利きを呼んだんだろう」

「あの野郎、とんだ食わせ物でさ。昨日の夜、丹波の猟友会に問い合わせたんだけど、口が達者なだけの野郎だって笑われたよ」

「そんなやつの口車に乗るなんて、哲平も焼きが回ったな」

弥一は唇を歪めた。

「選挙が近いから、ここで熊を仕留めて名前を挙げようって焦ってたんだよ。弥一さんが手を貸してくれたらこんなことにはならなかったのに」

「おれのせいだと言うのか？」

田村は慌てて首を振った。

「そうじゃないって。それより、今度こそ手を貸してくれないかな。手負いは厄介なの、弥一さんなら十分知ってるだろう？」

手負いの熊は恐怖と怒りに駆られ、目に入るすべてのものに襲いかかる。だからこそ、熊を撃つなら一撃で仕留める必要があるのだ。

「もう、里の爺さん、婆さんたちはパニックだよ。哲平さんには投票しないって言い出すのもいてさ」

「手を貸してやりたいが、無理だ」

弥一は自嘲《じちよう》した。

「山を歩くどころか、銃をちゃんと構えられるかどうかも心許《こころもと》ない」

「そんなにしんどいのか？　入院した方がいいんじゃないのかい」

「普通に暮らしてる分にはどうってことはない。ただ、山に入ると、自分が情けなくなってくる」

「無理か……」

「すまないな」

「病気じゃ仕方ないよ。熊はおれたちでなんとかするから、お大事に」

田村が頭をぺこりと下げて出ていった。

ノリツネがじっと弥一を見ていた。本当にそれでいいのかと問われている気がする。

「仕方ないだろう。おれが行っても足手まといになるだけだ」

弥一はノリツネから顔を背《そむ》けた。

＊＊＊

ガンロッカーを開けて、M１５００を手に取った。使わなくなって久しいが、手入れを怠ったことはない。

分解して掃除をし、また組み立てる。

構えて引き金を引く。問題はなかった。

弥一は肺に溜めていた息を吐き出した。

もう二度と使うことはあるまいと思っていたのだが、この銃の出番がまたやって来たのだ。

昨日、中村哲平が率いる猟友会が手負いの熊を駆除するために山に入った。だが、熊の反撃に遭《あ》い、会員の鈴木《すずき》という男が重傷を負わされたのだ。

「だから、確実に仕留めなきゃならんのだ」

弥一は服を着替えた。登山用のズボンにフランネルのシャツ。フリースを着込んでその上からポケットのたくさんついたベストを羽織る。ポケットには予備の弾丸やナイフ、笛などを押し込んだ。

トレッキングシューズを履き、使い慣れた手袋をはめると準備は万端整った。

「ノリツネ」

声をかけると、ノリツネが駆け寄ってきた。

「猟のことを教えたことはないが、おまえは賢いから大丈夫だろう。おれの指示に従えばいいんだ。わかってるな?」

ノリツネが弥一を見上げた。その目は恐ろしいほどに透き通っている。

「熊を仕留めて戻ってきたら、おまえを自由にしてやる。おれに付き合うことはないんだ。おまえの飼い主を捜しに行け」

弥一はノリツネの頭を軽く叩き、外に出た。軽トラに乗り、麓の里へ下りていく。

集合場所である神社の駐車場には、すでに猟友会の面々が集っていた。

弥一が軽トラを降りるとみんなが集まって来た。

「よろしく頼むよ、弥一さん」

中村哲平が焦燥した顔つきで言った。怪我人を出して、猟友会の面目は丸潰れだ。選挙にも影響があるのだろう。

「勲に言ったように、みんなは山頂の方から鶴溜《つるだまり》へ熊を追い立ててきてくれ」

弥一は言った。鶴溜というのは、山の中腹の開けた一帯にある小さな池のことだ。昔はこの池に渡りの途中の鶴たちがやって来たらしい。

「弥一さんひとりで大丈夫かい？」

田村が口を開いた。

「ああ。ひとりの方がいい」

弥一は言った。猟友会とは名ばかりで、腕の悪い猟師の集まりだ。連れて行けば足手まといになるのはわかりきっている。

「丹波から来た食わせ物の猟師が、手負いにした責任を取ると言って、ひとりで山に入ってるんだ」

中村哲平が言った。

「どうして止めなかったんだ」

弥一は鋭い声を浴びせた。中村哲平の顔が歪んだ。

「止めたんだよ。なのに、言うことを聞かんのだ」

「そんなやつを助っ人に連れてくるとは、おまえも焼きが回ったな」

弥一は銃を肩に担いだ。

「まあ、経験のない山にひとりで入ったところでどうにもなるまい。わかっていると思うが、合図は笛だけだ。犬も放さずにいてくれ」

弥一の言葉に、全員がうなずいた。

「それじゃ、行こう。おれは鶴溜のところで待っている」

男たちが神社の横から山に分け入っていった。猟犬たちが興奮し、ざわついている。

「まったく、犬の躾もできんとは……」

弥一は嘆息し、男たちとは別の方角から山に入った。

道なき道を進む。特に指示を出したわけでもないのに、ノリツネは弥一の背後からついてくる。

歩き出して五分もしないうちに、杖を持ってくるべきだったと後悔した。

鶴溜までは二十分ほどの距離だ。それぐらいなら杖がなくても平気だろうと高を括《くく》っていた。

体力の衰えは弥一の想像を遥かに超えていた。

背負ったザックと肩に担いだ銃がずっしりと重い。勾配に向けて足を踏み出すたびに太腿の筋肉が震え、息が上がる。

「衰えた」

弥一は独りごちた。

「こうやって人は死んでいくんだな」振り返り、ノリツネに語りかける。「ほんの一年前までは、雪の積もったこの山を駆け回ってたんだぞ、おれは。それがこのザマだ」

ノリツネは弥一の言葉には反応せず、しきりに空気中の匂いを嗅いでいた。

「そうか。愚痴をこぼしている暇があるなら前に進めか」

弥一は額の汗を拭《ぬぐ》い、水を飲んだ。この調子では鶴溜に到着するのに一時間はかかってしまう。

猟友会の連中が山頂に着くのが三十分後だとしてもぎりぎりの時間だ。

ペースを上げる必要があった。

歯を食いしばりながら先を急いだ。息が上がり、汗が滝のように流れ落ちる。足が鉛のように重い。肺が焼けてしまいそうだ。

池が見えたときには、精も根も尽きようとしていた。

弥一は大きな岩の陰に崩れ落ちるように腰を下ろし、呼吸を鎮めようとした。腕時計を覗《のぞ》きこむと、予定より十五分、遅れていた。

すでに猟友会の面々は山頂に到達し、熊を麓の方に追い立てようと準備を始めているころだろう。

呼吸が落ち着くと、弥一は池の周りをゆっくり歩いた。この池は、山の動物たちの水飲み場になっている。池の畔《ほとり》には鹿や猪、狐や狸の痕跡が散らばっていた。その中に、真新しい熊の足跡もあった。

手負いの熊もここで水を飲んだのだ。

今は、動物の気配はない。殺気だった猟友会の気配に恐れをなし、みな、どこかに隠れて息を潜めている。

山頂の方から、一斗缶を打ちたたく音が聞こえてきた。

四方に散って、わざと音を立てながら山を下り、熊を鶴溜の方へ追い立てるのだ。

弥一は岩陰に戻り、猟銃に弾丸を装塡《そうてん》した。

「ノリツネ、絶対に動くな」

そばにいるノリツネに指示を出し、地面に腹這いになった。猟銃を構えると、息を整えた。頭の中を空っぽにする。

山と一体化すること。それが弥一の猟の基本だ。獲物に不審感を抱かせず、安心しているところを仕留める。

しばらくすると池の向こう側の藪が揺れるのが目にとまった。引き金にかけた指に力を込める。だが、弥一はすぐに指から力を抜いた。藪の揺れ方がおかしい。藪の中にいるのは野生動物ではないようだった。

「丹波から来た食わせ物か」

弥一は舌打ちし、体を起こした。

早いところよそ者を追い払わないと、熊が異変を察知してこの辺りには近寄らなくなってしまう。

立ち上がろうとしてよろめいた。バランスを崩し、岩に手をついて体を支えた。

池の向こうの藪から人影が出てきた。丹波の猟師だ。

早くここから離れろ――大きく手を振ろうとした瞬間、胸に衝撃を受けた。倒れながら、銃声を耳にした。

あの猟師が熊と間違えて弥一を撃ったのだ。

「馬鹿野郎――」

弥一は声を絞り出し、血を吐いた。

ノリツネが吠えている。鋭く、力強い吠え声だった。

痛みは感じない。ただ、寒かった。手足の先が急速に冷えていく。

こんな死に方なのか。

弥一は目を開けた。冬の青空が目に飛び込んでくる。透き通った青空だ。ノリツネの目に似ている。

これまで、数え切れない命を猟銃で奪ってきた。そして今、愚か者の猟銃で命を奪われるのだ。

「因果応報ってやつか」

声にしたつもりなのだが、声になっているかどうかもわからない。

柔らかいものが頬に触れた。

ノリツネの舌だった。ノリツネが弥一の顔を舐めている。

「もういい。おれは死ぬ。おまえは飼い主を捜しに行け」

弥一は重い手を持ち上げ、振った。ノリツネは動かなかった。

頬を舐めるのをやめ、じっと弥一を見下ろしている。

「そうか。おまえはそのためにおれのところに来たのか。おれを看取るためだったのか」

ノリツネの目はやはり、冬の青空のようだった。漆黒だが、透き通っている。

「ひとりで死ぬんだと思っていた。それがおれには相応《ふさわ》しい。だが、ノリツネ、おまえがいてくれた」

弥一は微笑んだ。

「ありがとう、ノリツネ」

弥一は死んだ。

少年と犬

1

右前方の林からなにかがよろめきながら飛び出てきた。

内村徹《うちむらとおる》は軽トラのブレーキを踏んだ。うり坊――猪《いのしし》の子供かと思った。だとすれば、近くに母親がいるはずだ。さっさと通り過ぎてしまいたい。

だが、道は狭く、うり坊はその真ん中に突っ立っている。

クラクションを鳴らした。うり坊だけではなく、近くにいるはずの母親もその音で追い払ってしまいたかった。

うり坊がうずくまった。音に驚いたのかもしれない。

内村は舌打ちしながらヘッドライトを点《つ》けた。夕暮れ時でただでさえ薄暗いのに、山陰がさらに視界を悪くしている。

「おや？」

ヘッドライトに照らされたのは猪の子供ではなかった。犬だ。薄汚れ、ガリガリに痩せている。どこか怪我をしている様子でもあった。

内村は軽トラから降りた。

「どうした？　怪我でもしたか？」

柔らかい口調で語りかけながら犬に近寄っていく。

雑種のようだった。シェパードに和犬をかけ合わせたような見かけだ。今は骨と皮だけだが、健康状態がよければ、体重は二、三十キロというところだろう。

犬が上目遣いに内村を見た。尻尾がゆらゆらと揺れた。人には慣れているようだ。

「ガリガリじゃないか」

内村は腰をおろし、犬の鼻面《はなづら》の前にそっと手を置いた。犬が指先をぺろりと舐《な》めた。

「どこか怪我をしてるのか？　ちょっと見せてくれるか？」

犬は道路に伏せたままだった。内村はその体に触れてみた。毛はごわごわで、あちこちに毛玉ができている。血で固まったところも見受けられた。山中をさまよい、猪に襲われたのかもしれない。重傷ではないが、傷つき、くたびれ、飢えている。

「ちょっと待ってろ」

内村は軽トラに戻った。車内に水のペットボトルとおやつとして買い求めたバナナがあった。まず、水を飲ませてやった。傾けたペットボトルからこぼれる水を、犬は舌で受け止め、ごくごくと飲んだ。バナナの実を小さくちぎり、犬に与えた。犬は尻尾を振りながら、バナナを食べ尽くした。

「動物病院に連れていこうと思うんだが、いいかな？」

内村は犬に訊《き》いた。犬は目を閉じた。

それを了解の合図と受け取り、内村は犬を抱き上げた。

犬は、悲しくなるほどに軽かった。

＊＊＊

「栄養失調だね」

獣医師の前田《まえだ》が言った。知り合いの牧場主に紹介してもらった獣医師だ。犬は診察台の上で腹《はら》這《ば》いになって目を閉じている。

「命に別状はないと思いますよ。点滴で様子を見ましょう。それから、この子、マイクロチップを埋め込まれてますね」

「マイクロチップ？」

「犬の個体識別札みたいなものです。チップを機械で読み取れば、この子の飼い主のことなんかがわかる」

「読み取ってください。できれば、家に帰してやりたいんで」

「わかりました。それでは、しばらく待合室でお待ちください」

内村は診察室を後にした。病院の外に出て、スマホで電話をかけた。

「ああ、おれだ」

「どうしたの？　事故でも起こしたかと思って心配してたのよ」

言葉とは裏腹に、妻の久子《ひさこ》の声はのんびりしていた。

「帰る途中で、犬を見つけたんだ」

「犬？」

「ガリガリに瘦せてて、自分で歩くこともできない。それで、動物病院に連れてきた。今、点滴を受けてるところだ」

「動物病院って、保険利《き》かないんでしょう？　診察代、高いんじゃない？」

家計は火の車だ。久子がぼやきたくなる気持ちはよくわかった。

「仕方ないだろう。見捨てるわけにもいかないし」

「そうね。そんなことしたら、寝覚めが悪くなるわ」

「とりあえず、今日はこのまま入院ということになると思う。手続きやなんかが済んでから帰る。晩飯は先に食べててくれ」

「わかりました」

「光《ひかる》はどうしてる？」

息子の様子を訊いた。

「相変わらず、クレヨンで絵を描いているわ。ご機嫌」

「そうか。じゃあ、後で」

電話を切り、待合室へ移動した。

「内村さん、診察室へお入りください」

受付にいた女性に声をかけられ、内村は診察室のドアを開けた。

「マイクロチップの情報によると、この子、岩手に住んでいたみたいですね」

前田がパソコンのモニタを見つめながら言った。

「岩手、ですか？」

「釜石市《かまいしし》。飼い主は出口春子《でぐちはるこ》さんという方です。この子は今年で六歳ですね。名前は多聞《たもん》。多聞天から取ったんでしょうかね」

前田がキーボードを操作すると、プリンタが動き出した。前田は吐き出されたプリント用紙を内村に手渡した。

「岩手からどうやって熊本まで来たのか……飼い主に連絡されますか？」

「ええ。そのつもりです」

プリント用紙には釜石の住所と電話番号が記されていた。

＊＊＊

「釜石から？」

洗い物をしていた久子の手が止まった。水道が止まると、居間で光が画用紙にクレヨンを走らせる音しかしなくなった。

光は一日に何枚も絵を描く。たいていは動物の絵だ。犬なのか猫なのか、それとも他のなにかなのかはわからない。ただ、動物だということだけがわかる絵だ。

「それで、飼い主さんとは連絡がつかないの?」

「ああ。マイクロチップってやつに登録されている電話番号は、今は使われてないそうだ」

「釜石からここまで、どうやって来たのかしら?」

「わからん」

「それにしても、不思議な縁ね」

内村は久子の言葉にうなずいた。大震災が起こるまでは釜石で暮らしていたのだ。津波で家も船も失った。なんとか再起しようと踏ん張ったが、光が海辺を極端に怖がるようになって、諦めた。遠縁を頼って熊本へ移り住んできたのが四年前のことになる。

漁師から農家への転業は大変だった。やっと安定した収入を得ることができるようになったばかりだ。

「靖《やすし》に連絡してマイクロチップに記載されてる住所に人が住んでるかどうか確認してくれと頼んでおいた」

かつての漁師仲間に連絡を取るのも久しぶりだった。

「懐《なつ》かしいわね、釜石。今はどうなってるのかしら」

移住してきてからは、一度も釜石を訪れたことはない。いや、意識的に釜石のことを頭から追いやっていたのだ。

「もし、飼い主が見つからなかったらどうするの?」

「不思議な縁だって言ったじゃないか」

内村は答えた。

「そうね。でも、あの子はどう思うかしら？」

久子の視線が居間に移動した。光は一心不乱に絵を描いている。

2

出口春子は震災のときに亡くなっていた。津波に流されたのだと靖が言った。釜石に親類がいるが、多聞を引き取るつもりはないとのことだった。

朝の畑仕事を終えると、病院に向かった。多聞は診察室の奥の部屋でケージに入れられていた。内村に気づくと顔を上げ、尻尾を振った。点滴のおかげか、昨日よりは調子がよさそうだった。薄汚れていた体毛も、拭いてもらったのか艶《つや》が戻っている。

「順調に回復してますよ。もう一日様子を見ますが、明日には退院してだいじょうぶでしょう」

前田が言った。「いろいろ検査をしてみましたが、栄養失調の他に問題はないようです。あちこちに傷がありますが、それもほとんど塞《ふさ》がっています。念のため、狂犬病と他の病気のワクチンを打っておきました」

「ありがとうございます。釜石の飼い主ですが、大震災のときに亡くなっているようです」

内村の言葉に、前田が首を捻《ひね》った。

「ということは、この子は釜石から熊本まで、五年をかけて移動してきたということですかね」

「海をどうやって渡ったんでしょうか」

「犬は水泳の達人なんですよ」

前田が笑った。

「それで、この子を引き取ろうと思うんですが、なにか問題はありますかね」

「だいじょうぶですよ。もう、飼い主さんは亡くなっているわけで、この子は実質、野犬です。登録さえ済ませれば、内村さんが飼い主になってなんら問題はありません」

「よかった」

「登録などの手続きはこちらでやっておきますよ。挨拶していきますか、多聞に？　わたしゃ看護師には無愛想ですが、あなたが来たら尻尾を振った。あなたを信頼しているんです」

内村はうなずいた。多聞の入っているケージのそばに移動し、しゃがんだ。

「よお、多聞。おれがおまえの新しい飼い主だ。よろしくな」

ケージの隙間から指先を入れてみた。多聞がその指を舐め、尻尾を激しく揺らした。

＊＊＊

首輪を付けようとすると、多聞が後ずさった。明らかに嫌がっている。

「これを付けないと、おれと一緒には暮らせないぞ」

内村は柔らかい口調で言った。多聞が内村を見た。口から涎《よだれ》が垂れていた。

「嫌な思いはさせない。約束する。おれを信じろ。おれはおまえの命の恩人だぞ」

多聞が後ずさるのをやめた。内村はそっと首輪を付けた。

「ほら。だいじょうぶだろう？」

金具でリードを繋《つな》ぎ、立ち上がる。多聞がおそるおそるケージから出てきた。

「行こうか」

前田に一礼し、多聞と共に診察室を出る。支払いやらなにやらはすべて済ませてあった。

まだ骨と皮だけだが、多聞の足取りはしっかりしていた。もとに戻れば、体重は二十キロから三十キロの間ぐらいになるだろうと前田が言っていた。

多聞を抱え上げ、軽トラの助手席に乗せた。

「今だけだぞ。元気になったら、荷台がおまえの居場所だ」

多聞の頭を撫《な》で、運転席に乗り込んだ。多聞は鼻を蠢《うごめ》かせ、車内の匂いを確かめていた。

「早く元気になって、散歩に行けるようになろうな」

もう一度多聞の頭を撫で、内村は軽トラを発進させた。多聞が窓の外に視線を移した。

多聞が景色を見られるようにと、軽トラをゆっくり走らせた。農道に入れば、行き交う車の量も激減する。

普段なら十五分ほどの道のりを、三十分かけて帰宅した。軽トラのエンジン音を聞きつけた久子が外に出てきた。

「光、多聞が来たわよ」

家の中に声をかけているが、光が姿を現す気配はない。また、絵に夢中になっているのだろう。

多聞を抱いて、地面に降ろした。多聞はひとしきり地面の匂いを嗅《か》いでから、久子に近づいた。

久子はしゃがみ、多聞の好きなようにさせた。多聞は久子の匂いを嗅ぎ、頬を舐めた。

「わたしのこと、気に入ってくれた？」

多聞の尻尾が揺れた。

「ほんとにガリガリね。いっぱい食べて、体重戻して、元気にならなくちゃ。いい？」

久子は多聞の頭を撫でながら立ち上がった。

「でも、その前に、体を綺麗にしなくちゃね」

軒先にはすでにバケツとタオルが用意してあった。シャンプーをするのはまだ体力的に無理だろうということで、濡らしたタオルで体を拭《ぬぐ》うことにしていたのだ。

玄関の方で物音がした。多聞がそちらに顔を向けた。これまでに見たことのないような勢いで尻尾が揺れる。

光が裸足《はだし》で外に出てきた。

「光、靴を履かなきゃだめ――」

久子が言葉を飲みこんだ。光が真っ直ぐに多聞を見つめた。多聞の尻尾がさらに激しく揺れた。

光が破顔した。微笑《ほほえ》みながら多聞に近づき、触れた。

内村は口にたまった唾を飲みこんだ。

光の笑顔を見るのは、大震災以来、初めてのことだった。

＊＊＊

久子が光の様子がおかしいと騒ぎ出したのは、避難所生活がはじまって三日目のことだった。

「一言も口を利《き》かないし、笑わない。泣かない。怒らないの」

ショックを受けただけだと思っていた。大人でさえ我を失うほどの恐怖を覚えたのだ。三歳の子供ならなおさらだ。

時間が解決してくれると自分に言い聞かせた。

実際、避難所での混乱の中、光を医者に診《み》せる余裕などどこにもなかった。

避難所生活を続けながら、頻繁《ひんぱん》に話しかけたり、遊びに誘ったり、考えつくありとあらゆる手を尽くしてみたが、光は喋《しゃべ》らなかった。感情が顔に表れることもなかった。

光が唯一興味を示したのは紙と鉛筆だ。紙に鉛筆を走らせ、内村たちには判別のつかない絵を描き続けた。

光を医者に診せることができたのは、震災から一ヶ月後のことだった。人から借りた車で仙台まで行き、小児専門の心療内科を訪れた。

診断は、素人《しろうと》の内村が下したものと同じだった。震災のショックで、光の心の中でなにかが起きた。いずれ、時が解決してくれるだろう。

だが、一月《ひとつき》が経っても、三ヶ月が過ぎても光は喋らなかった。ただ、絵を描き続けるだけだ。

医者の勧める治療に役立つと思える方法も試したが、効果はなかった。

ある日、内村と久子は光を抱いて港へ向かった。港の惨状は耳にしていたが、実際に自分の目で見てみたかったのだ。

街にはまだ、燃えた木材の匂いが残っていた。あちこちに瓦礫《がれき》が積まれ、陸に打ち上げられた漁船が道を塞いでいた。

内村に抱かれた光は目をきつく閉じていた。震災の時は同じように光を抱き、津波から逃れようと遮二無二《しやにむに》、高台を目指して走ったのだ。あの時のことを思い出すまいとしているのだろうか。

海に近づくと波の音が聞こえてきた。木材の燃えた匂いが、潮の匂いにかき消されていく。

腕の中で光が暴れはじめた。口が開き、悲鳴が漏れた。甲高《かんだか》く、耳をつんざくような悲鳴だった。

慌てて踵《きびす》を返し、海から離れた。光の悲鳴はなかなか収まらなかった。

その夜、光はうなされた。周りの避難者たちから無言の叱責《しつせき》を受け、内村と久子は光を抱いたまま外に出て、夜が明けるのを待った。

それ以来、海に近づくたびに光は悲鳴を上げ、夜になるとうなされた。

内村と久子が海から遠く離れた地に移住しようと決断するのに、それほど時間はかからなかった。

3

光は多聞を離さなかった。寝るときも、多聞と一緒に寝たがった。

濡れたタオルで体は拭いたが、多聞はまだ薄汚れていた。普段の久子なら、そんな犬が光と同じ布団で寝ることなどゆるさなかっただろう。

だが、光の笑顔がすべてを蹴散《けち》らした。

多聞も行儀がよかった。家の中で粗相《そそう》をすることもない。まるで、人の家で暮らしたことがあるかのように振る舞った。

震災当時はまだ、子犬といってもいいような年齢だったはずだ。出口春子という飼い主を失った後に、だれかに飼われていたことがあるのだろうか――内村は首を捻った。

日中は、庭が光と多聞の居場所になった。仲良く並んで日向《ひなた》ぼっこをしたり、さほど広くはない庭を歩き回ったり、片時も離れることがない。

多聞が来てから、光は絵を描くのをやめた。

多聞は日に日に体重が増えていった。前田から勧められた療法食というドッグフードを与えているのだが、栄養価の高いフードのおかげというより、光の愛情を栄養にしているかのようだ。

相変わらず、光は喋らない。だが、笑う。本当によく笑う。

その笑みはいつも多聞だけに向けられている。多聞も、光に笑いかけていた。

越してきてからというもの、いつも暗い雰囲気がつきまとっていた古民家が明るくなった。まるで一夜にして日当たりがよくなったかのようだ。

明るさの中心には光と多聞がいた。

内村と久子は多聞に笑いかける光と、その笑みを受け止める多聞を見守り、胸に広がる温かみを嚙《か》みしめた。

「多聞は神様からの贈り物ね」

久子が言った。

「おれたちにとっての天使だな」

内村はうなずいた。

庭では、光が多聞とボール遊びをしていた。光が投げたボールを多聞が追いかけ、口でくわえて持って帰ってくる。

多聞が戻って来るたびに、光は多聞の頭や背中を嬉しそうに撫でた。多聞は多聞で誇らしげに胸を張っている。

光と多聞は前世から縁があるんじゃないか——内村はふと思う。

それぐらい、仲が睦《むつ》まじい。出会ったその瞬間から運命的な恋に落ちた男女のようだ。光と多聞の間の絆は強く、信頼は微塵《みじん》も揺るがない。

どちらかが死ねば、片方も生きてはいられない。

内村は頭を振った。

よけいなことは考えるな。今は、光と多聞の幸せな時間を見守っていればいいのだ。

「あなた……」

久子が内村に声をかけてきた。光たちを見つめながら両手で口を塞いでいる。

「どうした?」

内村は久子の視線を追った。いつの間にか、ボール遊びは終わっていた。光は縁側に腰掛け、多聞は縁側で伏せて、光の太腿《ふともも》の上に顎《あご》を乗せている。光は目を細めて多聞の頭を撫でていた。

「た、も、ん」

聞こえた。確かに聞こえた。光の口が動くのも見えた。

内村は口に運ぼうとしていた湯飲みをきつく握りしめた。

「光が喋ってる」

久子が呻《うめ》くように言った。

「静かに」

内村は久子を制し、耳を澄ませた。

「た、も、ん」

光が多聞の名を呼んでいた。光の口から音が発せられていた。

「光、今、なんて言った?」

内村はそっと光に近寄った。光が振り返った。

「多聞」

光の口が動いた。

「そうだ。多聞だ。そいつは多聞だ」

「多聞。多聞。多聞」

「そうだ。多聞だ。多聞の名前、呼べるんだな、光?」

光がうなずいた。内村は久子に顔を向けた。

「光が喋ったぞ」

久子がうなずいた。その顔は涙でびしょ濡れになっていた。

＊＊＊

多聞と暮らすようになって一週間が経った夜、秋田《あきた》靖から電話がかかってきた。

「この前はすまんな。面倒なことを頼んで」

「あれぐらい、どうってことないさ。それより、どうだ。犬との暮らしは？」

「光が喋った」

内村は答えた。靖はある程度の事情を承知している。

「光が？　本当か？」

「犬の名前を呼ぶだけだけどな。それでも、凄《すご》い進歩だ。多聞には感謝してる」

「へえ。犬の名前をな……」

「もう、べったりなんだ。多聞相手には笑顔も浮かべる」

「よかったな」

「ああ。このまま状態が改善していけば、学校にも通えるようになるかもしれん」

「おまえの嬉しそうな声聞くと、こっちまで嬉しくなってくるわ。ところで、ちょっと話は変わるけどな、その多聞って犬の写真撮って、おれのメアドに送ってくれんか」

「多聞の写真？　なんでまた？」

「ちょっと不思議な話を耳にしたんだが、確認したいんだよ」

「どんな話だ？」

「確認してから話すよ。とりあえず、写真、送ってくれ」

「それはかまわんが……」

「たまにはこっちにも帰って来いよ。それで、昔なじみで集まって一杯やろう」

「そうだな。考えておくよ。じゃあな」

内村は電話を切った。光の寝室に移動する。光は寝ていた。最近はよく眠るのだ。絵を描くだけだったのが、多聞と遊ぶようになって体をよく動かすからだろう。

多聞は光の傍《かたわ》らで横になっていた。内村が部屋に入ると顔を上げた。一緒に寝ているというより、光を守っているかのようだ。

「ちょっと、いいか」

内村は部屋の明かりを点け、カメラモードにしたスマホで多聞の写真を撮った。

「これでいいかな？」

撮った画像を確認し、明かりを消す。部屋を出て、靖に撮ったばかりの写真を送った。

「それにしても、不思議な話ってなんだ？」

首を捻ったが、想像もつかなかった。

4

もうだいじょうぶという前田のお墨付きをもらって、多聞を散歩に連れ出すことにした。もちろん、光も一緒だ。

光が家の敷地から外に出るのは、病院へ通う時を除けば久しぶりのことだった。

家の前を通る町道を左に進み、十分ほど歩くと田んぼの広がる農地に出る。町道から農道に入ると、交通量も激減した。

多聞は首輪やリードを嫌がる素振《そぶ》りも見せず、内村の左横を歩いていた。

農道をしばらく進むと、光が前に進み出て振り返った。内村に右手を突き出す。

「リードを持ちたいのか？」

内村は訊いた。答えは返ってこないが、期待に満ち溢《あふ》れた目が瞬《またた》きもせずに内村を見つめていた。

「だいじょうぶか、多聞？」

内村は多聞を見おろした。多聞の目もまた、光のそれと同じように輝いていた。

しゃがみ、光の目を覗《のぞ》きこむ。

「絶対にリードから手を離しちゃだめだぞ。わかるな？」

そう言って、リードの先端を光に握らせた。光の顔がくしゃくしゃに歪《ゆが》んだ。嬉しさにこらえきれず破顔しているのだ。

「多聞」

光は多聞の名を呼んだ。多聞が光の横についた。尻尾が激しく揺れている。

「多聞」

光が歩き出した。多聞は歩く速度を光に合わせていた。もうずっと前からそうやって散歩しているかのようだ。

内村は少し離れたところから散歩する光と多聞を見守った。

多聞は体重が戻ってきて歩き方も立派になっていた。万が一のことが起こっても、多聞が光を守ってくれるという確信が胸の奥で広がっていく。

内村は肺一杯に空気を吸い込んだ。

頭上には春の青空が広がり、水が張られた田んぼに雲が映りこんでいた。近くを流れる渓流のせせらぎが聞こえる。釜石ではまだ晩冬の季節だが、熊本の三月は快適だ。春のまっただ中にいるという実感が持てる。

春の色と匂いと音に満ちた世界を、光と多聞が歩いている。

こんな光景を見られる日が来るとは思ってもいなかった。光のためにと力を尽くしてきたものの、いつしか、諦めに似た感情が芽生えていたことは否定できない。

このまま、光は絵を描くだけしかできないのだ。学校はおろか、家の外に出ることもない。内村と久子でそんな光をなんとか支え家族三人でつつましく生きていくしかないのだろう。

漠然とそう思っていた。

なのに、光が外を歩いている。春の陽射しを浴びて微笑んでいる。傍らを歩く多聞を慈《いつく》しんでいる。

夢なのではないかと思うことがある。

今目にしている光景も、多聞を救ったことも、すべては夢の中のできごとなのではないか。

目が覚めたらすべては以前のままなのではないか。

そう思うたびに激しく首を振って自分を奮《ふる》い立たせる。

苦しい日々を耐えてきた光に、神様が手を差し伸べてくれたのだ。多聞こそが神の遣いだ。だから、光が多聞と戯れ、笑うことにただ感謝していればいい。

「光」

内村は光の背中に声をかけた。光が振り返った。以前は内村や久子の呼びかけに反応することもなかったのだ。

「こっちへおいで。これが、父さんたちの田んぼだぞ」

地域の組合の田んぼを二反《たん》借りて、稲を育てている。三人家族に二反の田んぼで取れる米は多すぎるが、余った米は釜石の知り合いに送り、喜ばれていた。光の口に入ることを考えて、自然農法にこだわった米作りをしているのだ。この辺りの田んぼはそのほとんどが自家用米の田んぼで、農薬を使うところは少なかった。

光の手を取り、畦道《あぜみち》を進んだ。他人の田んぼなら気が引けるが、自分の田なら、畦道で子供と犬を遊ばせても問題はない。田んぼの奥はちょっとした谷のようになっていて、そちら側の畦道は軽トラが乗り入れられるほどの道幅があった。

広い畦道に光たちを誘い、多聞のリードを外した。

「好きに歩いていいぞ、多聞。光もだ」

多聞が駆けた。数メートル先で立ち止まり、振り返る。光を誘うような身振りをした。

光は多聞の身振りの意味を理解した。誘いに乗って走り出す。多聞が身を翻《ひるがえ》して逃げた。ときおり振り返り、光の様子を確認して走る速度を調整している。

「賢い子だな、多聞は」

光は声をあげて多聞を追いかけていた。田んぼの水面に、多聞と光の姿が映り込んだ。

幸せだ――唐突に内村は思った。

おれたちは幸せだ。あの大震災から五年、おれたちはやっと幸せを取り戻せた。

追いかけっこを続ける光たちを見守りながら、内村は田んぼの周りを歩いた。

五月になれば田植えがはじまる。田植えが終わってからは雑草との戦いがはじまるのだ。例年、辟易《へきえき》する作業だが、今年は楽しんでやれそうな気がした。

光が多聞に追いつき、その背中にしがみついた。多聞がわざと走る速度を落としたのだ。光は嬉しそうだった。

光が内村を見た。多聞もまた、嬉しそうだった。手を挙げ、振った。

「こっち」

光が声を出した。

「こっち……来て」

ふいに涙がこみ上げてきた。

「父さんに言ってるのか？　父さんに、こっちに来いって言ってるのか、光？」

「こっち……来て」

「今、行くぞ」

内村は涙を流しながら光たちの方へ駆けだした。

＊＊＊

「お母さんって言った」

食卓に頬杖をつきながら久子が言った。夢見るような表情が浮かんでいる。

「あなたも聞いたでしょう？」

食事中に、光が久子に「お母さん」と声をかけたのだ。たった一度だけだったが、間違いなく、久子に向けた言葉だった。

「こんな日が来るなんて、夢みたい」

久子の表情は穏やかだった。内村が缶ビールのお代わりをしても、いつものように目くじらを立てることもない。

多聞がひとりで居間に姿を現した。光は歯を磨いた後、眠りに就いたはずだ。最近の多聞はこうして、光が寝たのを見計らって居間にやって来る。

「光は寝たのか？」

内村は声をかけた。多聞は答える代わりに内村の太腿に顎を乗せた。

「そうか。甘えに来たか」

どうやら多聞は光の兄のつもりでいるらしい。光がいる間は保護者らしく振る舞っているが、光が寝るとその役割を放棄して、内村や久子に甘えに来る。

内村は多聞の頭を優しく撫でた。

「ねえ、多聞、今度、ステーキ焼いてあげる。光にしてくれたことへのご褒美よ」

久子が言った。多聞が盛大に尻尾を振った。

「なんだよ、それ。多聞を連れてきたのはおれだぞ。おれにもステーキのご褒美をくれよ」

「あなたはビール飲んでるからいいじゃない」

「ビールとステーキじゃ比べものにならないだろう」

スマホの着信音が鳴った。内村は微笑みながら手を伸ばした。靖からの電話だった。

「もしもし。どうした？　多聞の写真でなにかわかったのか？」

「驚くなよ、徹」

靖の声は上ずっていた。

「どうしたんだよ？」

「光と多聞っていう犬、おまえたちがこっちにいるときからの縁だぞ」

「どういうことだよ、それ？」

内村は姿勢を正した。

「震災の前、貞《さだ》さん、光をよく、港の近くの公園に連れて行ってただろう？」

「ああ」

内村はうなずいた。貞というのは内村の母の貞子のことだ。家計を助けるため、久子は近所のスーパーでパートで働いていた。日中は母が光の面倒を見てくれていたのだ。

「出口春子って人も、その公園にしょっちゅう行ってたらしいんだよ。多聞と散歩の途中にさ」

「それ、本当か？」

スマホを持つ手が震えた。久子が怪訝《けげん》そうな表情を浮かべて内村を見つめていた。多聞は内村の太腿に顎を乗せたままだ。

「知り合いの爺さんがいてな。震災前はよくその公園で暇つぶししてたんだ。よく、貞さんとも話してたそうでな。おまえから多聞って犬の話聞いて思いだしたんだよ。昔、その爺さんが言ってたんだ。ある時、中年の女が子犬連れて散歩に来て、貞さんの連れてる子とすぐに仲良くなった。子供と犬ってのは無邪気だから気心がすぐに知れるんだろうってさ」

「まさか、その子犬の名前も……」

「多聞って名前だ。珍しい名前だからって、爺さん、よく口にしてたんだ」

ビールで潤《うるお》っていたはずの口の中が、いつの間にかからからに乾いていた。

「だから、多聞の写真、送ってもらったんだよ。爺さんに写真見せたら、多分、同じ犬だと思うって。爺さんがシェパードかって訊いたら、飼い主はシェパードと和犬の雑種ですって答えたらしいんだよ」

「多聞は五年も前に仲がよくなった光に会うために釜石から熊本までやって来たって言うのか?」

そんなはずはない。内村たちが熊本に移住したことが犬にわかるはずがないのだ。匂いを辿《たど》るにしても無理がある。

「不思議だろう? 津波で飼い主亡くした犬が、飼い主以外で一番好きだった光を捜して放浪の旅に出たんじゃないかって、おれは思ったんだけどよ」

「いくらなんでもそれはないだろう」

「だけど、その犬、マイクロチップってのの埋め込まれてたんだろう? そのチップに、釜石の多聞って情報が入ってたんだろう? 光と出会ったのが一歳ぐらいだとして、年齢も合う。シェパードと和犬の雑種だ。多聞も絶対にシェパードの血が入ってるだろう?」

「それはそうだけど……」

内村は多聞に目をやった。今ではすっかり肉がつき、体重も三十キロに迫ろうとしている。だが、内村が保護したときは体重は十五キロにも満たず、あちこちに怪我の痕《あと》があった。

本当に、光を捜して日本中を放浪していたというのだろうか。そして、たまたま、内村の軽トラの前に出てきて倒れたというのだろうか。

「その爺ちゃんの連絡先教えるから、直《じか》に訊いてみたらどうだ?」

靖が言った。

「頼む」

内村は答えた。

＊＊＊

靖の知り合いは、田中重雄《たなかしげお》という老人だった。引退した漁師で、内村もおぼろげに覚えていた。津波で家を失い、今は仙台の息子夫婦の家に厄介《やっかい》になっているらしい。

靖から話を聞いていたからか、内村が電話をかけると機嫌のいい声で応じてくれた。

田中によると、光と多聞の最初の出会いは二〇一〇年の初秋だったらしい。

夕方、いつものように光を連れて来た母は、ベンチで煙草《たばこ》をくゆらせていた田中に挨拶し、光を抱いてブランコに乗った。光はブランコが大好きだったのだ。

母は適度にブランコを揺らしながら光に声をかけ、ときおり、田中とも会話を交わしていた。

そんな時に、子犬を連れた出口春子が公園の近くを通りかかった。いつもなら、公園には立ち寄らずに通り過ぎるだけだったらしい。だが、その時は、子犬がリードを引っ張るようにして公園の中に入ってきた。

「光ちゃん目指してまっしぐらっていう感じだったなあ」

田中はそう言った。

飼い主の出口春子は犬の様子に困惑していたようだったが、光は近づいてきた子犬を見て笑みを浮かべたという。

「ワンワン、ワンワン」

そう言って母の膝から飛び降り、子犬に近づいていった。

「なんて言うかなあ、あれはまるで、離ればなれだった恋人同士が、久しぶりに再会したって感じだった。ああいうこともあるんだなあって、おれと貞子さんと春子さんで、後で話したもんだよ」

その日から、出口春子は雨や雪の日を除いては子犬を連れて公園にやって来るようになった。公園の砂場で、光と多聞は兄弟のように寄り添い、じゃれ合っていたという。

「おれは人や犬の名前を覚えるのは苦手なんだがな、あの犬の名前はすぐに覚えた。多聞天の多聞。なんでも、生まれたての時の顔が、春子さんの家に置いてある毘沙門天《びしゃもんてん》の像に似てたんだそうだ。毘沙門じゃなんだから、多聞にしたって言ってたな」

単独では毘沙門天、四天王としては多聞天と呼ばれるということを、内村は思い出した。

「貞子さんも、光ちゃんと多聞の仲睦まじい様子を目を細めて見ていたな。おまえさん、聞いてないか?」

「いいえ。詳しいことはなにも」

光が子犬と仲良くなったという話は聞いた覚えがある。だが、それ以上でもそれ以下でもなかった。靖からの電話の後、確かめてみたが、久子も同じだった。

ふたりとも、日々の糧《かて》を稼ぐのに必死で、母の話に耳を傾ける余裕がなかったのだ。

秋が深まり、冬になると、さすがに母は光を毎日公園に連れて行くということはしなくなった。それでも、天気のいい、比較的温かい日には公園を訪れた。多聞と会いたいと光にせがまれ続けていたらしい。

公園に行くと、必ず出口春子と多聞が待っていたという。

光ちゃんは来ないよ、と出口春子が言い聞かせても、多聞はリードを引っ張って公園に向かった。普段はそんなことは絶対にしない子なんだけど、光ちゃんのことになると目の色が変わるんです。

出口春子はそう田中に言って、溜息を漏らしていた。

「どうして光ちゃんのことがこんなに好きなのかしらって春子さんが言うんだよ。だから、好きになるのに理屈なんかあるかい。一目惚れなんだよ、一目惚れ。お互いに一目で気が合っちまったんだ。そう言ってやった」

田中はそう言った。

「春子さんと多聞も強い絆ができあがってるみたいでいい感じだったんだがなあ。震災がなけりゃなあ」

田中は溜息を漏らし、しばし無言になった。内村は次の言葉が流れてくるのを静かに待った。

「避難所で暮らしてるとき、たまたま多聞を見かけてな。震災から一ヶ月ぐらい経った後だったかな。名前を呼んでみたが、聞こえんかったのか、そのままどっかへ行ってしまった。春子さんを捜してるんだと思ったよ。その時には、風の便りで春子さんが亡くなったことを知ってたから、不憫《ふびん》に思ったな。それで次の日、あの公園に行ってみたんだ。まあ、公園って言っても、津波にやられてめちゃくちゃになってたけどな。案の定、多聞がおった」

多聞はもともと砂場だった辺りをじっと見つめていたと田中は言った。きっと、光のことを心配していたに違いないと。

田中は多聞に、出口春子は天に帰ったんだと言って聞かせた。多聞は身じろぎもしなかった。その姿が健気《けなげ》で不憫で、田中は多聞を連れて帰ろうかと思ったが、避難所生活ではそれもままならない。

連れて帰る代わりに、食べ物を工面《くめん》しては公園に持っていって多聞に食べさせてやった。

「よっぽど飢えてたんだろうな。お握りだとか、そんなもんしか用意してやれんかったが、がつがつと貪《むさぼ》り食らっていたよ」

田中は親戚や顔見知りに声をかけて、母を見かけたら教えてくれと頼み込んだ。

とにかく、出口春子がこの世にいない以上、多聞がだれよりも好きだった光に会わせてやろうと思ったのだ。

「まさか、貞子さんまで亡くなってるとはなあ。息子のあんたのことはなんとなく知っていたが、名前も知らんし、顔もうろ覚えだ。貞子さんの名前出して捜すことしかできなかった」

出口春子を失い、光に会うこともできず、多聞は毎日公園に姿を現した。

「初めて公園に食い物を持ってってやってから、二ヶ月ぐらいした辺りかな。もう桜も散っていたから五月の終わりにはなってたと思う。多聞がぷっつりと姿を見せなくなった」

来る日も来る日も、田中は公園に足を運んだが、多聞が姿を見せることはなかった。しっかりしているとはいえ、まだ一歳にも満たない子犬だ。不慮の事故かなにかで死んだのかもしれない。

そう思い、田中は天を仰いだ。だが、次の瞬間には別の考えが頭に浮かんでいた。

あの大震災さえ生き延びた犬がそう簡単にくたばるものか。きっと、光を捜しに行ったんだ。そうに違いない。

多聞は生きている。

そう確信して、田中は公園を後にした。

「それ以来、多聞は見ておらんし、すっかり忘れておった。しかし、まさか、光ちゃんを追って熊本まで行っていたとはなあ」

田中は嘆息した。

「でも、驚いたが、そんなまさかとは思わなかったな。やっぱりという気持ちの方が強かった。多聞ってのは、そう思わせる犬でな。そしてなにより、光ちゃんのことが大好きでたまらんかったんだ」

内村は丁重に礼を言って電話を切った。

＊＊＊

「本当にその多聞がこの多聞なの？」

田中の話を聞かせてやると、久子は目を丸くした。

「そうだ」

内村はうなずいた。

「なんていう子なのかしら」

久子は畳の上に腰をおろし、多聞に手招きした。近寄ってきた多聞をそっと抱きしめた。

「釜石から熊本まで、どんな目に遭《あ》ってきたかしら？　どんな思いで歩き続けてきたのかしら？　光に会いたい一心？　どうしてそんなに光のことを好きになってくれたの？」

多聞は首を傾《かし》げ、それから久子の頬を舐めた。

「ちょっと考えたんだけど……」

内村は考えをまとめながら言った。

「なにを？」

「インターネットのSNSに投稿しようかと思うんだ。多聞の写真と多聞が釜石から熊本に来ることになった経緯を書いて、だれか、その間の多聞のことを知らないかって。拡散希望してさ」

「SNSで？　どうしてそんなことを？」

「多聞がずっとひとりで旅していたとは思えないんだ。ここに辿り着くまで五年もかかってるんだからな。一時期、どこかの家に飼われてたり、だれかと一緒に移動してたり、そんなこともあったんじゃないかと思う。犬とかオオカミって、群れで暮らす生き物だから、一頭だけだと、食い物を手に入れるのも大変なんだ。五年の間、ずっとひとりで飢えをしのいでたとは思えない。

人間から餌をもらってたこともあると思う」

「反応あるかしら？　多聞って名前だって、マイクロチップの情報読み取らなきゃわからないのに」

「やってみなきゃわからないさ。知りたくないか？　この五年の間、多聞がどこでなにをしてたのか。どうやって熊本に……光のもとに辿り着いたのか。もし知ることができたら、おれはそれを光に教えてやりたい」

「そうね。もし、なにか知ることができるなら、光も知りたがると思うわ」

久子はまた、多聞を抱きしめた。

5

SNSへの投稿に反応はなかった。たまにあったとしても悪戯《いたずら》か、多聞を他の犬と見間違えた人間からのものだった。

だめでもともとではじめた投稿だ。あまり期待するなと自分に言い聞かせてはいたものの、あまりの反応のなさに肩透《かたす》かしを食らった思いがしていた。

SNSへの投稿は空振りに終わったが、多聞が現れてからの日々の暮らしは充実していた。

内村と久子がなによりも喜んだのは、光が喋るようになったことだ。同じ年代の子に比べればボキャブラリーは少ない。だが、一日ごとにそれが増えていく。

「これ、なんていうの？」

最近の光の口癖だ。食べるものから道端に生えている雑草にいたるまで、目につくものの名前を必死に覚えている。

内村や久子との日常会話でも、文法的にはおかしくても自分の意思を明確に伝えることができるようになっていた。

多聞と暮らすようになった直後はやめていたお絵かきも再開された。

描く対象は決まっていた。

多聞だ。

これまで光が描いてきた絵はすべて多聞だったのではないか。

犬なのか猫なのか、それとも他の生き物なのかよくわからなかった無数の絵。あれは、多聞だったのだ。

あの恐ろしい大震災が起きる前、無償の愛を捧げてくれた多聞を、光は描き続けていたのだ。

内村と久子はそう確信した。

恐怖に凍てついた心に、唯一射していた一条の光。それは多聞との想い出だったに違いない。

就寝前、内村と久子は代わる代わる多聞をハグすることが日課になった。

光を闇の底から引っ張り上げてくれた救世主への感謝の儀式だ。

多聞は満更でもなさそうな顔でハグされ、尻尾を振り、儀式が終わると光の寝室へ戻っていって、光と一緒に眠る。

ひとりと一頭が並んで寝る姿は宗教画のようでもあった。内村は光を起こさないように気遣いながら、光たちの寝姿を何度も写真に撮った。

いつか、この写真をもとに、光に絵を描いて欲しいと願うようになっていた。

＊＊＊

家が揺れた。寝室で光の悲鳴があがった。揺れは徐々に激しくなる。内村はバランスを保ちながら光の寝室に急いだ。

大きな地震だった。口の中が干上がっているのはトラウマのせいだ。東日本大震災の記憶はまだ生々しい。

「光」

声をかけながら寝室に飛び込んだ。廊下から漏れてくる明かりが泣きじゃくる光を照らしていた。その前で、多聞が仁王立ちしている。光を守ろうとしているようだった。

「だいじょうぶだぞ、光。ただの地震だ。海は遠いから、津波は来ない」

声をかけながら光を抱きしめた。光は激しく震えていた。

「だいじょうぶだ。だいじょうぶ。父さんと母さんがついてる。多聞だって光を守ってくれる」

「多聞？」

光の泣く声がとまった。

「そうだ。ほら、多聞はここにいる。ここにいて、光を守ってくれてる。多聞が一緒なら、なにも怖くない。そうだろう？」

光がうなずいた。その直後、明かりが消えた。停電だ。光がまた甲高い悲鳴をあげはじめた。

「久子、懐中電灯を持ってきてくれ」

久子に叫び、光を強く抱きしめる。

「だいじょうぶだ。ただの停電だから」

光をなだめようとする内村自身も、半ばパニックに襲われかけていた。

地震と津波から逃げてやってきたこの熊本で、あの時にも劣らない地震に襲われるとは。自分たちは呪われてでもいるのだろうか。

ろくでもない考えが頭をよぎったとき、温かいものが体に触れた。多聞だった。多聞が体を押しつけてくる。

逞《たくま》しい筋肉に覆われた体が、その体温とともに恐れる必要はないと伝えてくる。

多聞のメッセージは明確だった。

おまえはこの家のボスなんだから、ボスらしく振る舞え。

内村はうなずいた。久子を、光を、多聞を守るのが自分の務めだ。パニックに陥っている場合ではない。

明かりが近づいてきた。懐中電灯を手にした久子がやって来たのだ。

「あなた……」

「早くこっちに来い」

光の寝室にはベッド以外、なにもなかった。この部屋なら家具が倒れて怪我をするおそれもない。

それでも、万一を考えて久子と光に掛け布団をかけた。

「じっとしてろ。おれが戻ってくるまで動くなよ。いいな、久子？」

揺れは次第に収まってきた。だが、油断は禁物だ。東日本大震災の教訓だ。地震は一度では終わらない。

外は真っ暗だった。集落全体が停電しているのだ。内村は熊本の市街地の方角に目を向けた。そちらも暗い。無意識に探してしまうのは炎だ。あの時もあちこちで火の手があがった。

だが、今はまだ火事の気配はなかった。

軽トラに乗り込んでエンジンをかけた。カーラジオをつけ、電波をＮＨＫに合わせた。

熊本は震度六弱。益城町《ましきまち》では震度七だとアナウンサーが告げている。

どうやら、地震は熊本県全域を襲ったらしい。

この地震による津波の恐れはない――そう伝えるアナウンサーの声を聞いた瞬間、全身に張りつめていた力が抜けた。地理的に、もし巨大津波が起こったとしてもここまで津波が来ることはないのはわかっている。それでも、本能的な恐怖を振り払うことができないのだ。

軽トラを玄関の前に移動させ、再び家の中に戻った。揺れはほとんど収まっている。

「外に出ろ。公民館に移動するぞ」

家から一番近い避難場所として指定されているのが公民館だった。鉄筋建てで、少なくとも内村の家よりは地震に強いはずだ。

「急げ」

久子が布団をはねのけ、光を抱いて寝室を出た。多聞がその後を追っていく。内村は居間に移動し、財布や預金通帳、印鑑を取りまとめて家を出た。久子と光は助手席に、多聞は荷台に乗っていた。

「行くぞ」

通帳と印鑑を久子に渡し、軽トラを出発させた。近隣の住民が外に出ていた。どの顔も一様に青ざめているが、緊迫感はない。避難の必要性を感じていないのだ。

「棚橋《たなはし》さん――」

内村は車を走らせながら隣に住む老人に声をかけた。

「避難した方がいいですよ。必ず余震が来るから。今は家、だいじょうぶでも、余震が何度も続いたら耐えられなくなるかもしれない。裏山が崩れるおそれもある」

「そこまでのことはないだろう」

棚橋は取り合わなかった。

「忠告はしましたからね」

内村はアクセルを踏んだ。震災を経験したことのない人間には、その本当の恐ろしさがわからないのだ。

「どうして逃げないのよ」

助手席で、久子が舌打ちした。バックミラーに集落の人たちが手にした懐中電灯の明かりが遠ざかっていく。

＊＊＊

真夜中過ぎに、また大きな揺れがあった。内村たちと同じように公民館に避難してきた住民が持っていた電池式のラジオで、余震の震度も六前後だったことがわかった。

古い木造の民家は、一度の地震には耐えられたとしても、続けて大きな地震に襲われたら倒壊するおそれが強くなる。

棚橋や集落の他の人たちはだいじょうぶだろうか。

光は震え続けている。久子と多聞がそんな光を励ましていた。公民館に犬連れで避難するのはルール違反だが、事情を話すと、まだ避難者が少ないからと一緒に滞在することをゆるしてもらえたのだ。ただし、多聞と一緒に公民館の中にいられるのは朝までだった。

内村はまんじりともせずに朝を迎えた。

ときおり、小さな揺れを感じることはあったが、大きな余震が起きることはなかった。

今後も余震は何度も起こるだろう。だが、規模も頻度も徐々に小さくなっていく。

朝になると、光も落ち着きを取り戻した。ラジオのニュースで、今回の地震の被害が次々に明らかになっていく。

やはり、被害が甚大だったのは益城町のようだ。

公民館のスタッフが朝食に用意してくれたカップ麵と握り飯を腹に詰め込んで、内村は家に戻る決心をした。

余震は収まっていくだろうし、津波は来ない。地震と津波と火事の三つどもえの饗宴。あれほど恐ろしい大災害に、五年の間に二度も襲われるなどあるはずがない。

幸いなことに、集落には倒壊した家屋は見当たらなかった。だれもが地震の後始末に忙しく立ち働いている。

家の中は予想通りめちゃくちゃになっていた。食器棚や本棚、タンスが倒れ、居間や台所は割れて散った食器で足の踏み場もない。停電もまだ続き、水道も止まっていた。

それでも、家は建っている。津波に流されてもいないし、火事で燃えてもいない。雨風をしのげる屋根と壁があるだけでも御《おん》の字だ。

久子と分担して家の片づけをはじめた。光も久子を手伝っている。ときおり、弱い揺れが来ると凍りついたように動かなくなるが、揺れが収まると、歯を食いしばって作業を再開する。

そんな光が頼もしかった。常に光のそばにいる多聞の存在がありがたかった。

井戸のある家から分けてもらった水とカセットコンロでパスタを茹《ゆ》で、レトルトのソースで和えて夕飯にした。

質素だが、美味しかった。光に笑顔が戻っていた。

日が暮れるとランタンの明かりを灯《とも》した。東日本大震災で被災した人間は、だれでも防災グッズを家に完備しているだろう。

備えあれば憂い無し。だが、あの時、充分な備えをしていた人間など、数えるほどしかいなかったのだ。

「怖かったけど、あの時ほどじゃなかったかな」

食事の後片づけをしながら久子が言った。

「家が残ってるだけ全然ましだもんね」

「そうだな。避難所で押し合いへし合いしながら寝るよりずっと快適だ。畑や田んぼにも被害はないみたいだし……明日、きちんと見回りしてくるよ」

「停電、明日には復旧しそうだって、吉沢さんが言ってた」

久子は集落の長老株の名を口にした。

「電気と水道が元通りになれば、また日常生活の再開だ。さ、それに備えて、今夜は早く寝よう」

「そうね。今夜は、居間に布団敷いて、家族みんなで寝ましょうか。多聞も一緒に」

「ほんと?」

光が声を張り上げた。

「そうだ。多聞も家族の一員だからな。みんなで一緒に寝よう。そうすれば、光も怖くないだろう?」

「ぼく、地震なんて怖くないもん」

「そうか。光は男の子だもんな。地震なんて、へいっちゃらだよな」

「へいっちゃらってなに?」

光の言葉に、内村と久子は声を出して笑った。

へいっちゃらの意味を教えながら布団を敷き、横になった。

地震の直後に笑いながら眠るなど、あの時は考えられなかった。

内村は微笑みながら目を閉じた。眠りはすぐに訪れた。

＊＊＊

床が激しく揺れた。夢を見ているのかと思った。

光の悲鳴を耳にして飛び起きた。

地震だ。昨日のものよりさらに激しく揺れている。柱や壁が軋《きし》んでみしみしと音を立てている。

枕元に置いていたランタンを探して手を伸ばしたが、指先に触れるものはなにもない。揺れの激しさにどこかに転がっていったのだ。

「あなた」

久子が叫んだ。内村は布団の上に尻餅をついた。立っていられないほどの激しい揺れだ。

「久子、懐中電灯はどこだ? ランタンが見当たらない」

次の瞬間、明かりが灯った。久子が手にしていた懐中電灯のスイッチを押したのだ。

天井から埃《ほこり》が舞い落ちてくる。柱が波打つように揺れていた。

木材が激しく軋む音がした。

「あなた」

久子の声に続いて天井が落ちてきた。

内村はその場に伏せた。折れて倒れてきた柱が指先をかすめた。久子と光の悲鳴が重なった。

内村は埃に噎《む》せた。久子が内村の右腕を取って引っ張った。まだ揺れている。頭上から絶えることなくなにかが落ちてくる。

久子に引っ張られながら、内村は光を捜した。

光は頭を抱えてうずくまっていた。多聞が光のすぐそばで身構えている。犬にとってもこの状況は相当に怖いはずだ。だが、多聞の目に怯《おび》えの色は見えなかった。光を守るという強い意志を湛《たた》えているだけだ。

内村は体を起こした。激しい音と共に床が傾いた。築八十年の古民家は立て続けに襲いかかってきた地震に耐えきれず、倒壊しはじめている。

「光」

畳に尻餅をつきながら、内村は腕を伸ばした。居間の中央には、天井から落ちてきた瓦礫が積み重なっていた。まるで通せんぼをしているかのようだ。床が瓦礫の山に向かって傾斜している。

光と多聞がいるのは居間の奥に当たる部分だ。三方は壁、窓もない。光を助けるためには瓦礫をなんとかしなければならない。

揺れが収まってきた。家はぎしぎしと不気味な音を立てている。

「そこから動くなよ、光。多聞、光を頼んだぞ」

内村は立ち上がり、光たちに向かって足を踏み出した。

「光」

久子が叫んだ。南側の壁が内側に倒れてくる。それと同時に崩れた屋根が落下してきた。

「光」

内村は叫んだ。光と多聞に壁が倒れかかり、崩壊した屋根の一部が落ちてきた。

多聞が光に覆い被《かぶ》さった。それが、内村が見た多聞の最後の姿だった。

6

「大変だったな、内村さん」

かつて、我が家だった古民家のなれの果てを呆然《ぼうぜん》と見つめていると、背中に声がかけられた。

棚橋だった。作業服に長靴姿で、首にタオルを掛けている。棚橋の家も半壊していた。その後片づけに追われているのだ。

「棚橋さんも……」

「あんた、東日本大震災でも被災したんだろう。そこから移ってきた熊本で似たような目に遭うなんて……」

「自然を恨んでもしょうがないですから」

内村は答えた。不思議なことに、自分たちに降りかかってきた災厄を恨む気持ちが湧いてこないのだ。

「それはあの犬の骨かい？」

棚橋が、内村が抱えていた骨壺に顎をしゃくった。

「ええ」

営業を再開した焼き場で遺体を焼いてもらったのだ。骨を拾ったその足でここへ来た。

「光を守ったんだってなあ。立派な犬だ」

「本当に立派な犬でした」

内村は微笑んだ。

消防隊がやって来たのは地震が収まって一時間ほどが経った頃だった。内村と久子は倒壊した家の外から、光に声をかけ続けた。

光は生きていて、内村たちのかける声に応じた。だが、なにかが体にのしかかっていて動けない。多聞が一緒だから怖くない。そう伝えてきた。

多聞も生きている。多聞が光を守ってくれたのだ。

やって来た救急隊が、夜の闇の中、瓦礫の撤去をはじめた。作業がはじまって一時間後に、光と多聞は瓦礫の中から救い出された。

光は奇跡的に無傷だった。だが、多聞の体には、木が突き刺さっていた。天井の梁《はり》の一部だった。

救急車で病院に運ばれる光は久子に任せ、内村は多聞を荷台に乗せて、動物病院へ向かった。

道路はあちこちで寸断され、迂回《うかい》に迂回を重ねて前田の動物病院に到着したものの、停電のため、手術はできないと前田に言われた。

「他の病院も似たようなものでしょう。停電から免れた動物病院に連れて行くにしても、時間がかかりすぎる」

懐中電灯で多聞の診察をしながら前田は言った。

「多分、内臓も傷ついている。苦しいはずです。楽にさせてあげませんか」

前田の言っていることがよくわからなかった。

「安楽死です。今、この子にしてやれる最善の手だと思いますよ」

「そんな……」

内村は診察台の上で横たわる多聞に触れた。いつもなら力強さに満ち溢れている肉体が弱々しくわななないている。

「苦しいか、多聞」

内村が語りかけると多聞は目を開き、内村を見た。

「光はだいじょうぶだ。おまえが守ってくれたから怪我ひとつしていない」

多聞が目を閉じた。傷つきながら、光のことを気にかけていたのだ。

なんという犬だ。

内村は多聞の頭をそっと撫でた。

「お願いします」

前田にそう告げると、激しい哀しみが胸の奥からこみ上げてきた。

内村は泣いた。嗚咽《おえつ》しながら前田が多聞を天国へ送る様を見つめていた。

「ありがとう、多聞。ごめんな、多聞」

多聞の目がまた開き、内村を見た。その目はすぐに閉じられ、二度と開くことがなかった。

動かなくなった多聞を軽トラの助手席に横たえた。多聞は清潔な白いシーツでくるまれていた。

前田がせめてこれぐらいはと提供してくれたのだ。

多聞と一緒に軽トラに揺られながら、内村は溜息を何度も漏らした。多聞の死を、光に告げるべきかどうか。せっかく順調に回復してきているというのに、多聞の死を知れば大きなショックを受けるだろう。また自分だけの世界に閉じこもってしまうかもしれない。

だが、隠し通すこともできない。多聞はどこにいるのかと訊かれたら、本当のことを話すしかないのだ。

光に嘘はつかない。

光が生まれたときからそう決めていた。

病室でうたた寝をしていた久子を起こし、廊下に移動した。多聞の死を告げた。

久子はその場にうずくまり、声を殺して泣いた。

泣くだけ泣くと、久子は多聞に別れを告げたいと言った。建物を出て駐車場に向かう途中、久子は内村の手を握ってきた。内村はその手をそっと握り返した。

久子は多聞に触れて「ありがとう」と呟《つぶや》いた。

「多聞は最後まで光のことを気にしてた」

内村は言った。

「特別な絆で繋がってたのよね。釜石で出会って、熊本で再会して、光を守ってくれた。本当に神様に遣わされた光の守護天使みたいだった」

「光になんと言おう」

「本当のことを言わなきゃ。光に嘘はつかないって決めたじゃない」

「だけど、ショックで元に戻ったらどうする？」

「多聞がついていてくれるからだいじょうぶ」

久子の声は深い確信を孕《はら》んでいた。

「久子……」

「あの多聞よ。死んだからって光を見捨てるわけがないじゃない」

その言葉を聞いて、胸のつかえが取れたような気がした。

「そうだな。あの多聞だもんな。死んでも光のそばにいるよな。光をずっと守ってくれてるよな」

「そうよ。多聞だもの」

久子はもう一度多聞に触れ、洟《はな》を啜《すす》った。

＊＊＊

光は旺盛な食欲を示して朝食を平らげた。あの状況でかすり傷ひとつ負っていないのは奇跡的だと医者が言っていた。

多聞のおかげだとは言わなかった。多聞の献身と犠牲は、家族だけが知っていればいい。

「光、話があるんだ」

内村は、食事を終え、ベッドから出たいと駄々をこねだした光に言った。

「なに？」

「多聞のことだ」

ベッドの傍らに立つ久子の肩に力が入るのがわかった。

久子は祈っている。多聞に祈っている。

どうか、光を守って、多聞。

「多聞、どうしたの？」

内村も祈った。

多聞、頼む。光を守ってくれ。

「多聞は光を守った。わかってるな？」

光がうなずいた。

「倒れてきた壁の下敷きになったとき、多聞は大怪我をしたんだ。そして、死んだ」

光は瞬きを繰り返した。

「だから、多聞はもういない」

「違うよ、お父さん」

光が言った。言葉は明瞭だった。

「なんだって？」

「多聞、いるんだ。ここに」

光は自分の胸を指差した。

「あのね、あの時、ぼく、多聞の声が聞こえたんだ。だいじょうぶだよ、光、ぼくはずっと光と一緒にいるからね、だから、なんにも心配することないんだよって」

内村は久子に顔を向けた。久子の目から涙が溢れていた。

光がこれだけ長い言葉を発するのはこれが初めてだった。

「死んだからって多聞がいなくなったわけじゃないんだよ、お父さん」

「そ、そうだな」

「多聞に抱きつけないのは寂しいけど、だいじょうぶ。ぼく、多聞を感じられるから。今だってすぐそばにいるよ。お父さんは感じない？　お母さんは？」

光は首を巡《めぐ》らせて久子を見た。

「お母さんも感じる。多聞、いるよね」

「うん」

光が笑った。久子も泣きながら微笑んだ。

床に座った多聞が、嬉しそうに光と久子を見上げている——そんな気がした。

「ぼく、多聞が大好きだよ」

「多聞も光が大好きだってさ」

内村は息子の手を取り、力強くうなずいた。

＊＊＊

「それで、この後どうするつもりだね」

内村は棚橋の声に、我に返った。

「行政がどれぐらいお金を出してくれるのかわかりませんが、ここでやり直すつもりです」

「そうか。それはありがたいなあ。この辺りも年寄りばっかりになって、小さい子供のいる家はめっきり減ったからな。光が元気でいてくれるなら、わたしら年寄りも頑張らなきゃって気になる」

集落の老人たちがなにかと光を気にかけてくれていたのは知っていた。光が普通の子供とは違うことをわかっていて、しかし、それを口にすることはなかったのだ。

「あの犬が来て、光が元気になっただろう。喋るようになったし、元気に走りまわるようになった」

「ええ」

「光のああいう姿を見るのが本当に楽しみでね。あの犬は、光だけじゃなく、わたしら年寄りも元気づけてくれていたのさ。死んでしまって残念だ。光はだいじょうぶかい？」

「ご心配なく。多聞は死んでも、光の心の中でずっと生きているそうです」

「そうか。それはよかった」

棚橋が微笑んだ。風がそよぎ、田んぼにさざ波が立った。

多聞が水の上を駆けているのが見えたような気がした。

7

梅雨が明けたある日、内村のSNSのアカウントに見知らぬ人物からメッセージが届いた。

『内村様　はじめまして。突然のメッセージ、おゆるしください。先日、内村様が投稿された記事を目にする機会がありました。多聞という犬に関する記事です。わたしの弟が、一時期、あの犬と暮らしておりました。写真で見ただけですが、間違いないと思います。目が同じなんです。強い意志を湛えたあの目……シェパードと和犬かなにかの雑種です。弟もあの犬を「多聞」と呼んでいました。弟は不慮の事故で亡くなり、多聞もまた姿を消しました。五年ほど前のことです。もし、詳しい話を知りたければ、このメッセージに返信してください』

メッセージの送り主の名前は中垣麻由美《なかがきまゆみ》となっていた。仙台に住んでいるようだった。

内村は中垣麻由美に返信した。

初出誌「オール讀物」
男と犬　二〇一八年一月号
泥棒と犬　二〇一八年四月号
夫婦と犬　二〇一八年七月号
娼婦と犬　二〇一九年一月号
老人と犬　二〇二〇年一月号
少年と犬　二〇一七年十月号

駳星周（はせ・せいしゅう）

一九六五年、北海道生まれ。横浜市立大学卒業。出版社勤務、書評家などを経て、九六年『不夜城』で小説家デビュー。同作で吉川英治文学新人賞、日本冒険小説協会大賞を受賞。九八年『鎮魂歌 不夜城Ⅱ』で日本推理作家協会賞、九九年『漂流街』で大藪春彦賞受賞。主な著書に『生誕祭』『復活祭』『アンタッチャブル』『比ぶ者なき』『神の涙』『暗手』『蒼き山嶺』『雨降る森の犬』など多数。

少年《しょうねん》と犬《いぬ》

二〇二〇年五月 十五 日 第一刷発行
二〇二〇年七月二十五日 第四刷発行

著　者　馳《はせ》 星周《せいしゅう》
発行者　大川繁樹
発行所　株式会社 文藝春秋
〒一〇二―八〇〇八
東京都千代田区紀尾井町三―二三
電話 〇三―三二六五―一二一一
印刷所　凸版印刷
製本所　加藤製本
組　版　萩原印刷

ISBN978-4-16-391204-2